KB048936

일상, 다 반사

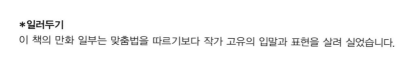

＊일러두기
이 책의 만화 일부는 맞춤법을 따르기보다 작가 고유의 입말과 표현을 살려 실었습니다.

일상, 다 반사

키크니 만화 에세이

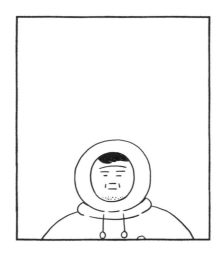

샘터

바야흐로 SNS에 일상 만화를 제 맘대로 자유롭게 연재한 지도 1년이 훌쩍 지났습니다.

처음엔 일러스트레이터로서의 삶을 그려보고 싶은 마음에 두서없이 시작했는데, 어느덧 제 삶 전체를 드러내는 만화가 되어버렸습니다. 그렇게 그린 것들이 100편 넘게 쌓여 이렇게 책으로 묶여 나온다는 게 참 신기합니다.

SNS에는 소소하고 재미난 에피소드 위주의 만화를 주로 올렸다면, 이 책에서는 조금은 진지한, 그리고 더 솔직한 이야기를 쓰기 위해 나름 노력했습니다. 부족하지만 짧은 글들도 써보았는데 독자분들이 어떻게 보실지도 궁금합니다.

첫 책 《무엇이든 그려드립니닷!》이 댓글로 사연을 남겨주신 신청자분들이 주인공이었다면, 이번 책 《일상, 다 반사》는 처음부터 끝까지 저와 제 주위의 이야기를 담은 에세이이기에 걱정도 많이 되고 실은 쑥스럽기도 한 마음입니다.

《일상, 다 반사》에는 통쾌한 승리, 사이다 같은 복수, 치밀하게 계산된 드라마는 없지만, 자신만의 일상을 일구는 사람이라면 누구나 공감할 만한 이야기가 담겨 있습니다. 모쪼록 책이 나왔으니 그저 그런 일러스트레이터인

저, 키크니의 소소한 일상을 엿봐주세요. 그 안에서 일상의 버거움이나 무료함을 '반사'할 힘을 얻는다면 더 큰 영광은 없을 것 같습니다. 물론 그다지 궁금하지 않으실 수도 있겠지만… 제발요.

이 책을 붙들어주셔서 진심으로 감사합니다. 만수무강하세요.

키크니 드림

#차례

#그저 그런 일러스트레이터

일러스트레이터요?
뭐, 그림을 그려서 먹고사는 사람을 뜻하죠.
보통 프리랜서로 많이 활동하고 출판, 광고,
게임 등 활동 영역은 광범위한 편입니다.

장점이요?
절 보시면 아시겠지만 일반 직장인과는 다른
자유로움? 복장부터 생활, 생각까지 자유로운
편이죠. 그리고 일이 많이 들어오면 그만큼 버는
돈도 많고요.
재택근무로 일하는   사람들도
많아서 나가는
돈도 적답니다.

단점이요?

일이 없어요….

 keykney • 일이 1도 없었을 때가 있었더랬지.

keykney

　내가 SNS에 '키크니'라는 이름으로 만화를 그리는 걸 아는 사람은 별로 없다. 몇몇 친한 친구들 외에는 거의 모르는데, 심지어 가족들도 모른다. 그게 좀 의외라 생각하는 사람들이 많은 것 같다. 그래서 어느 날 심도 있게 자아 성찰에 들어가 보니 나는 내 그림이나 만화를 노출하고 홍보하는데는 흔히 말하는 '관종기'가 다분하지만 나라는 사람을 노출하고 표현하는 것에는 굉장히 서툴고 낯도 많이 가린다는 결론이 나왔다. 그러고 보니 나와 친해진 사람들의 말을 들어보면 초면엔 상당히 무서웠다는 말이 많았다. 모아이 석상같이 생긴 사람이 말없이 멍 때리고 있는 게 불편했다고 하더라.

　정리를 하자면, 내가 얼굴을 노출하지 않는 이유가 나를 드러내는 걸 굉장히 오글거려하며, 낯을 가리고, 모아이 석상같이 생겨서인가. 왠지 기분이 좋지 않다.

#프로 일러스트레이터

프로 일러스트레이터인 저는 아이디어가 생각나지 않을 때 항상 걷는답니다.

뒷산이나 공원, 여행을 가서도 쭉 걷죠….

그렇게 바람과 풀 내음, 아름다운 경치들을 느끼며 걷고, 걷다 보면…

다리가 아파요….

keykney • 그렇게 튼튼한 하체를 갖게 되었다….

#얼마나 좋을까

 keykney • 나오면 산다.

#마감을 마치고

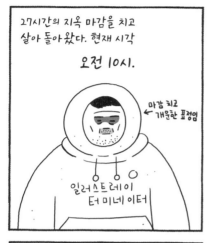

27시간의 지옥 마감을 치고
살아 돌아왔다. 현재 시각

오전 10시.

← 마감 치고
개문한 표정임

일러스트레이
터 미녀 이터

극도로 피곤하지만 열심히 일한 나에게
편의점 도시락과 컵라면이라는 작은 선물을
주기 위해 길을 나섰다.

← 피곤하지만
약간 설렌 표정

일러스트레이
터 미녀 이터

이렇게 일하면 몸도 망가지고
친구들도 잘 못 만나지만
보람 있고 내가 자랑스럽게
느껴…

요즘 직장 구하기
힘들죠?

일러스트레이
터 미녀 이터

비비─

일러스트레이
터 미녀 이터

 keykney • 어딜 봐도 직장인이구먼 무슨.

#대기업

 keykney • 뭐뭐, 내가 제일 좋아하는 모자까지 썼는데.

#진화하는 그림 도구

• 펜촉과 잉크 •
가장 오랜 역사를 자랑하는
수작업 방식.

• 태블릿 •
컴퓨터와 연결해서
펜처럼 쓸 수 있게 된
디지털 작업 시대를 연
혁신적 아이템.

• 액정 태블릿 •
컴퓨터 내장형 태블릿으로 화면에
직접 터치해서 그릴 수 있다.
노트북처럼 휴대가 가능해
어디서든 작업할 수 있다.

• 인피니티 건틀릿 •
갖고 싶다.

 keykney • 야무지게 잘 쓸 수 있는데….

keykney

　만화를 그리면서 새로 생긴 습관이 있다. 바로 메모하는
것이다. 그때그때 생각나는 아이디어를 적으면 확실히 도움
이 많이 되는 것 같다. "메모하는 습관을 길러야 한다."라는
조언은 많이 들었지만 실천할 생각은 못 했는데 역시 필요
하면 저절로 되는 것인가. 작업실 가는 지하철에서나 운동
할 때, 산책할 때도 아이디어가 떠오르면 적곤 했는데, 처음
엔 재밌는 소재거리만 적다가 이제는 좋은 대사, 그 대사의
뉘앙스를 설명하는 글까지 제법 디테일하게 메모하는 습관
이 생겼다.

　좋은 아이디어가 떠오르지 않을 때 그간의 메모를 쭉 읽
다 보면 아이디어가 발전되기도 하고, 각각 다른 메모가 조
합되면서 새로운 아이디어가 되기도 한다. 메모가 쌓이면
비상식량처럼 든든하고 자신감이 생긴다.

　또 예전에는 좋은 그림을 보면 마음에 드는 부분을 따라

그려보고 내 그림에 넣어보는 일을 많이 했다. 요즘은 똑같이 그리기보다는 나라면 이런 소재를 어떻게 재미있게 풀어낼까 하는 생각에 대부분의 시간을 쓰고 있다.

　그리는 일을 하면서 창작자가 변화하고 진화하는 게 일러스트레이터라는 직업의 매력인 듯하다. 아직 글만으로 내 이야기를 풀어내는 건 어색하지만, 이것도 재미가 들기 시작하면 또 어떻게 변화할지 모르겠지. 지금이야 다음 에세이 소재는 무엇으로 할지 정도를 메모하는 아마추어지만, 글을 통해 이야기를 더욱 잘 풀어갈 그 언젠가도 기대가 된다.

#'커'를 안 날

수년 전 처음으로 미팅을 하자는 연락을 받았을 때의 일입니다.

←20대 중반

일러스트레이 터미네이터

미팅 장소는 신도림역 테크노마트 안 카페였고 전 그때까지 커피의 커 자도 모르는 순수 자연인이었죠.

뭐 드시겠어요?

네?

하지만 미팅 자리에서 있어 보이고 싶었던 저는 어디서 많이 들어본 이름을 말했죠….

에스프레소요.

일러스트레이 터미네이터

일러스트레이 터미네이터

 keykney • 그날 신도림역 화장실은 초토화되었다고 한다….

#내가 꿈꾸던 삶

 keykney • 요즘은 살 빼려고 하루 한 끼.

keykney

　내 인생에서 그림을 뺀다면 나를 어떻게 설명할 수 있을
까 생각해본 적이 있다. 나는 귀찮은 건 싫어해도, 하고 싶
은 건 꼭 해야 하고(그러기 위해 남을 귀찮게 하기도), 친구
들 좋아하고, 사람 만나는 건 좋지만 사람이 많은 건 좋아하
지 않아 어디 잘 안 다니고, 하나에 집중하면 끝을 보지만
집중하지 않는 대부분의 것들은 기억을 못 해 '허당'이라는
말을 많이 듣는다. 특별한 취미 생활이라고는 농구가 전부,
영화 보고, 음악 듣고, 먹는 거 좋아하고, 또 가끔 산책하는
거…. 와, 세상에! 내 인생에 그림을 제외하면 정말, 뭐가 없
구나! 이래서 그림을 꾸준히 그린 거였나 싶다.
　언젠가 그림을 안 그렸다면 뭘 하고 있을 것 같냐는 질문
을 받은 적이 있다. 답을 생각하다가 대학 때 등록금을 벌기
위해 청주에 내려가 두 달 동안 합숙하며 막노동을 한 기억
이 났다. 그때는 상황이 힘들어서 앉아서 그림 그리는 것보

다 몸 쓰는 일이 적성에 맞는다고 생각했다.

당시 매달 월급을 챙겨 주던 대장님은 카리스마 그 자체였다. 월급을 가져가라는 연락이 오면 대장님 방으로 가 돈을 받아야 했다. 대장님은 직접 현금을 세서 월급을 줬는데, 방 한편에는 돈다발이 수두룩했다. 웃통을 깐 대장님의 왼쪽 가슴에는 호랑이, 오른쪽에는 용 문신이 빼곡히 그려져 있었다. 그때는 그게 좀 멋있었다.

다시 본론으로 가서, 내가 그림을 안 그렸다면 지금쯤 어느 여관방에서 돈을 세며 묵직한 중저음으로 "이번 달도 욕봤다." 하며 동료들에게 현금 뭉치를 쥐어주고 있을지도 모르겠다. 왼쪽 가슴엔 치킨, 오른쪽 가슴엔 농구공 문신이 자리 잡은 채로.

#첫 책

처음 그림 작업한 책이 나왔을 때
너무 기뻤고 빨리 가족들에게
보여주며 자랑하고 싶었다.

그중에서도 언제나 온화한 미소로
무조건 내 편이 되어주시는 우리 할머니.
제일 먼저 할머니께 책을 드리기 위해
할머니 댁으로 뛰어갔다.

할머니~
할머니 손주
첫 책 나왔어요~

어이구 대견하네
우리 손주~
어디 보자~

 keykney • 할머니, 전 그림만 그렸어요….

#비 오는 날

 keykney • 비 온다아아.

#마감 독촉

응?

일러스트레이
터미네이터

담당자A

🙂 **keykney** • 어째, 내가 담당자가 될 상이더냐.

keykney

　프로 일러스트레이터 10년 차로서 그간 일이 끊이지 않고 들어왔던 비결을 밝히겠다. 나는 내 그림으로 돈을 벌기로 마음먹은 시점부터 나를 그림'만' 그리는 사람이 아닌 '비즈니스맨'으로 인지했다. 즉, 내 일에는 공격적인 마케팅과 홍보, 치열한 단가 싸움 그리고 체력 관리까지 포함돼 있음을 일찍이 깨달은 것이다!

　프리랜서라고 하면 자기 시간도 많고 편하다고 생각하기 쉽지만 하나부터 열까지 혼자 해야 하는 일이기 때문에 어쩌면 직장인보다 더 전방위적으로 일해야 한다. 특히 그중에서도 일러스트레이터들이 어렵게 생각하는 것이 클라이언트와의 협상이다. 나는 '이 가격'에 일을 하고 싶은데, 상대방은 '그 가격'에는 맡길 수 없다고 한다.

　여기서 딜레마가 시작된다. 상대방의 제안을 받아들일 것인가, 거부할 것인가. 돈이 급하니 적은 돈을 받고서라도 이 일을 해야 할까? 아니면 이 업계의 평화와 미래를 위해 단가를 지켜낼 것인가?

내 경우에는 기본적인 단가를 지킨다. 그리고 되도록 담당자와 직접 통화를 한다. 협상의 목적이든, 거절 의사의 전달이든 내 입장을 최대한 설명하고자 애쓴다. 나를 몰라준다는 괜한 오해와 서운함을 쌓지 않기 위해 내 사정을 말하고, 상대의 입장을 경청한다.

만족스럽지 못한 결과가 나오더라도 덜 실망하고 빨리 받아들여야, 다음 일을 준비할 멘탈을 관리할 수 있기 때문이다. 누구든 마찬가지겠지만 프리랜서에게는 멘탈이 전부라 해도 과언이 아니다. 멘탈이 털리면 통장도 털리고 그러다 보면 남아 있던 머리카락도 털린다!

다 같이 일어나 '털기춤'이나 한번 추고 힘을 내는 편이 좋다. 으라차차!

#세상에서 가장 큰 사이즈

 keykney • 그 후로 다른 카페를 전전하며 살고 있다고 한다.

#프로의 건강

 keykney • 자, 다 같이 가시죠.

#일러스트레이터의 카리스마

 keykney • 후후후! 그림이 귀엽다고 그리는 사람도 귀여운 줄 알았더냐.

#만족해?

÷.

keykney

재미로 그리던 그림이 일이 되고, 생계가 되면서 힘들고 괴로웠던 적이 있다. 비정규직이라는 불안함, 건강의 상함, 클라이언트의 불합리한 행동들로 멘탈이 나갔다. 그래도 도움을 청할 곳이 마땅치 않았다. 어떨 땐 내가 창작을 하는 건지 단순노동을 하는 기계인지 모르겠다는 생각이 들기도 하고, 일이 언제 끊길지 모른다는 막연함은 불안감으로 엄습했다.

내 주변의 작가들은 공황장애와 우울증이 기본 옵션처럼 돼버려서 이제 서로 대수롭지 않게 농담하는 단계까지 왔고, 대학 시절 같이 그림을 그리며 만화가, 일러스트레이터를 꿈꾸던 선후배의 8할은 지금 다른 길을 걷고 있다.

그림을 그리는 사람은 많아지고 그림이 필요한 곳은 적어지고 있으니 일러스트레이터란 직업은 앞으로 더 힘들어질 수 있다. 나름 잘 버티는 사람도 있지만, 힘들어하는 사례를 너무 많이 듣고 경험했다.

그럼에도 불구하고 나는 이 일을 선택한 것에 후회해본 적이 없다. 어릴 적에 낙서로 시작했던 그림이, 이젠 누군가에게 작은 재미와 감동으로 다가간다는 게 참 좋다. 무엇보다 이렇게 긴 시간 동안 해왔음에도 그림은 아직도 심장을 두근거리게 하는 신나는 일이니깐.

무슨 밥벌이든 장점은 부족하고 단점은 끝도 없으리라 생각한다. 그럼 결국 내가 이 일을 재밌어하느냐가 그 일을 하는 키가 될 텐데, 나는 불행하게도 이 단점 가득한 일러스트레이터의 일이 재미있다. 아마 이 불행함은 앞으로도 계속되겠지.

#CF 스타 ①

TV 광고를 찍은 적이 있다.
그림 그리는 모습과 짧은 인터뷰가
나오는 4초 정도 광고….

에? 제가요?

친구 부탁으로 가볍게 인터뷰 한 것이 얻어걸린 것.

일러스트레이 터미네이터

그냥 평소 모습으로 나오면 된다고 하고,
재밌는 경험도 될 거 같고, 친구들한테
자랑도 할 수 있겠다 싶어 신났다.

오! 화장도 해주시네요. 우아 다 가려지네요. 신기하다 오오.

미지의 세계에 마냥 신났음

뭔가 아티스트적인 요소가 필요한데…

실장A

뭔가 멋있게 나올 것 같아요. 헤헤헤헤.

흠-

촬영 시작하겠습니다!!

 keykney • 누가 고무장갑 씌우래.

#CF 스타 ②

광고의 힘은 대단했다.
고작 몇 초 나오는 광고로
아주 잠깐 스친 인연들까지
연락이 폭주했다.

지잉~

근데 선임
니 광고 나오더라!
쿨시했네 ㅆ!

지잉~

몇 년 건 일란 당당자
작가님! CF 잘 봤어요!

지잉~

정처 없이 떠돌아다니던 선
배고프다...
밥 좀 사주겠나

예상과는 전혀 다른 칭찬 일색인
연락들이 많이 와서 의외였다.

작가님!
와 인물이 살더라!
연예인줄~

CF 몇 개 더
찍는거 아냐?

선배! 너무 멋있게
나왔어요 ♡♡

멋져요~

아니-뭐
그 정도는 허허-

배고프다...
밥 좀 사주겠나...

일러스트레이
터미네이터

잠깐!
이 정도면 혹시 나...
괜찮은 건가?

응?

일러스트레이
터미네이터

지잉~ -지잉-

keykney · 악마들의 속삭임에 내가 아주 깜빡 속을 뻔했네.
고맙다, 친구들아. 퉤!

#프로가 사는 법

프로 일러스트레이터로 오래 살아남는다는 건 꽤나 힘든 일이죠. 항상 트렌디한 그림을 그리기 위해 부단한 노력이 필요합니다. 팁을 좀 드리자면…

일러스트레이터미네이터

요즘 잘 나가는 예능, 드라마 등을 보고 트렌드를 연구하는 것이죠.

음ー
시작해볼까.

그렇게 또 하루가 지나갔다고 한다….

꺼이
꺼이

 keykney • 〈나의 아저씨〉에서 한 번, 〈라이브〉에서 한 번 꺼이꺼이.

keykney

남들은 인생 영화를 꼽으라면 잘도 말하는데, 난 너무 많아 하나를 정하기가 힘들다. 하지만 꼭 봤으면 하는 영화를 말할 때, 늘 지인들에게 추천하는 영화는 〈미스 리틀 선샤인〉(2006)이다.

간단히 줄거리를 소개하면, 잘 안 풀리는 가족이 나온다. 할아버지, 아빠, 엄마, 삼촌, 아들 그리고 막내딸 올리브까지. 영화는 올리브가 '미스 리틀 선샤인'이라는 어린이 미인 대회에 참가하게 되면서 집을 떠나 대회에 출전하기까지의 여정을 그린다. 그 여행에서 각자가 가진 슬픔, 분노, 아픔을 조금씩 이해하고 감싸주면서 관객에게도 위로를 준다. 시종일관 벌어지는 사건은 웃프고 찌질하지만 매번 볼 때마다 영화가 끝날 때쯤이면 울먹이게 되고, 마음이 따뜻해진다.

가족들의 캐릭터, 특히나 올리브 역할을 맡은 배우의 캐

스팅은 정말이지 최고의 선택이라 생각한다. 그러고 보면 난 유독 가족에 대한 이야기를 좋아하고 깊이 이입되는 듯하다. 왜 그런지는 잘 모르겠지만 좋아하는 드라마나 영화가 주로 가족을 소재로 하고 있다. 드라마의 경우 〈네 멋대로 해라〉(2002)의 광팬인데, 일곱 번 정도 보고 또 본 결과, 대사는 물론 주인공 양동근 님의 행동, 어머니 역의 윤여정 님 말투, 아버지 신구 님의 표정을 아직도 기억하고 있다. 이 드라마의 주요 내용은 양동근 님과 이나영 님의 사랑 이야기지만, 나는 극 중 양동근 님의 가족에 감정이 이입돼 보는 내내 울기 바빴다.

아무튼 나도 꼭 내가 좋아하는 영화나 드라마처럼 엉뚱하고 웃프고 찌질하지만 그 안에 소소한 위로와 감동이 있는 만화를 만들고 싶다.

#전설의 등장

 keykney • 뒤돌기 전 45도 정도에서 멈췄어야….

#이심전심

마감을 치고 집으로 가는 지하철을 타면
지친 직장인들이 나를 맞이해준다.

그래, 저들을 봐.
매일 지친 모습으로 퇴근하는
직장인들을 보면 난 힘든 것도 아냐.

저 사람 좀 봐.
저렇게 힘든 사람도 있는데
우린 힘든 것도 아냐.

힘내야지….

 keykney • 이 시대 진정한 원원.

44

keykney

　사람들이 흔히 생각하는 프리랜서란 하고 싶은 일을 하면서 시간을 자유롭게 쓰고, 장소의 구애 없이 편하게 작업할 수 있는 멋진 직업인 것 같다. 반은 맞고 반은 틀렸을까?

　아니다, 내 경우 20퍼센트 정도 맞는 말이라고 할까. 포트폴리오 관리, 클라이언트와의 협상, 스케줄 및 건강 관리, 마감, 마감, 마감 등. 하나에서 열까지 모든 일을 스스로 직접 처리하고 책임져야 하며, 책임을 회피하게 되면 일이 없어진다. 일이 없는 프리랜서는 사실상 백수와 다를 바 없다. 수입도 고정적이지 않고 4대 보험이 되는 것도 아니고, 게다가 주로 혼자 일하기 때문에 외로움과의 싸움도 무시 못 한다.

　근데 난 왜 프리랜서를 하고 있는 거지? 20퍼센트가 주는 자유로움, 오롯한 내 일을 하는 즐거움 때문이려나? 딱히 생각해본 적이 없어서 모르겠다.

　회사에 다니면 아마 상사나 동료와 대판 싸우고 나올 듯한데 또 그 사람들이 내 눈치를 보는 건 더 싫다. 이렇게 말하고 보니 직장인이 더 힘들어 보인다. 아으, 세상에 뭐든 쉬운 게 있을까.

keykney • 후각은 살아 있다!

#지지 않는 을

이번엔 프로 일러스트레이터인 제가
작업 문의 대처 요령, 단가 협상,
지지 않는 을이 되는 방법을
알려드리겠습니다.

네—
여보세요—

일러스트레이
터미네이터

네. 안녕하세요 작가님~
저희 회사가 영세해서 단행본 작업
저렴하게 가능할까요?
이번에 해주시면 앞으로 이런 작업 많아서~
다른 작가분들은 다 이 가격에 해주시거든요.

일러스트레이
터미네이터

아뇨. 기본 단가는 맞춰주셔야 하고요.
다른 작가분들은 모르겠고 제 단가는 이렇습니다.
협의하고 작업하게 되면,
이 작업에 최선을 다할테니
협의 후 연락 부탁드립니다 감사합니다^^

아... 네
알겠습니다...

일러스트레이
터미네이터

그리고 그는 3일 동안
밤잠을 설쳤다고 한다….

다시 전화 해볼까...

그냥 할 걸 그랬나...

소문나면 어쩌지...

 keykney • 내가 편집자분들을 얼마나 좋아하는지 아무도 모를 거야.

#지지 않는 어른

전 그림만큼이나 농구를 좋아합니다.
그림을 안 그렸다면 아마 농구 선수가
되었겠죠.

카리스마 있게
한 손으로 잡기

한 게임
뛰어볼까나~

일러스트레이
터미네이터

뭐, 실력도 실력이지만 워낙 지는 걸
싫어해서 항상 승리하고
집으로 돌아오죠.

제 인생은
농구 반
훌라이드 반.

일러스트레이
터미네이터

벌써부터 절 이기기 위해서
연습하는 소리가 들리는군요.

공 튕기는 소리

텅

텅

텅

일러스트레이
터미네이터

절대 지지 않아.

공항 중학교

공항

keykney • 까불지 마라, 애송이들아.

#안 돼

나름 인정받는 3류 만화가 겸
일러스트레이터인 선배 형.
나름 내가 존경하는 그가 같이 작업하기
위해 동네로 찾아왔다.

또 늦었네요.

쉿ᆢ
가지ᆢ

일러스트레이
터미네이터

인정하고 싶진 않지만 그는
내가 아는 작가 중 TOP3 안에 드는
소위 말하는 그림 잘 그리는 작가다.

편의점

아. 잠깐
물을 좀 사오겠네.

응?ᆢ!

일러스트레이
터미네이터

아앗! 자 잠깐만ᆢ
안 돼ᆢ 그곳은!!

화들짝!

일러스트레이
터미네이터

일러스트레이
터미네이터

요즘 직장 구하기
힘들죠?

삐빅~

 keykney • 나 하나로 부족하셨습니까.(14쪽과 같이 보면 7배 재밌습니다.)

49

#키크니코크니

각자 바쁜 스케줄에도 프로젝트로
뭔가 해보자고 뭉친 두 작가는
몇 시간째 팀명만 생각하고 있었다.

팀명이 핵심입니닷.

끄응   끄응   동감하네…
                    끼잉   끼잉

일러스트레이
터미네이터

이대로 이 팀은 팀명을 못 정해
해체되고 마는 것인가!
바로 그때?

긴얜쟝? 치킨과 떡볶이?
장르과맹군?   응… 아… 아직
                   팀명 정하고 있어

끄응   끄응

선배의 그녀

일러스트레이
터미네이터

그 오빤 키 크고 오빤 코 크니깐
키크니코크니 해 그냥—

국간장과 진간장?
공과 사?
끄응   끄응

일러스트레이
터미네이터

· · · · ·

일러스트레이
터미네이터

너… 너무 귀엽다!!

keykney • 키크니코크니에서, 키크니를 맡고 있습니다.

keykney

　독자들의 댓글로 그림을 꾸준히 그려주면서 아이디어를 어디서 얻게 되냐는 질문을 많이 듣는다. 물론 스스로 아이디어가 많다고 생각해본 적이 없어 당연히 그걸 어디서 얻는지도 생각해본 적이 없다. 그래도 강연을 빙자한 몇 번의 '수다회'를 다니면서 그런 질문을 꽤 자주 받다 보니 나름 깊이 고민을 해봤다.

　뻔하지만 상상하는 시간을 한껏 가진 결과가 아닐까 하는 답에 이르렀다. 어릴 적부터 나는 만화, 영화, 음악 등을 잡식으로 풍부하게 접하고, 나름의 방식으로 그걸 해석하고 상상하는 시간을 보냈다. 그것도 아주 많이! 내가 좋아하는 방식대로 종일 놀아도 누구도 간섭하지 않은 게 포인트다.

　내가 저 만화의 주인공이라면, 저 노래 가사의 주인공이라면, 주인공이 다른 선택을 했다면 어땠을까 같은 상상. 그런 상상을 끊임없이 하고 그걸 만화로 그리며 내 걸로 흡수하는 일로 대부분의 시간을 보냈다. 부모님은 바쁘셨고, 그냥 아들이 뭔가에 집중하는 것만으로 만족하셨기에, 쭉 그렇게 자랄 수 있었다. 내가 잘하고 있는 건지 모른 채로 그저 재밌어서 보낸 긴 시간들.

일러스트레이터 생활을 시작하면서는 내 생각을 마음껏 표현하는 창작 작업보다는, 글의 정보를 쉽게 풀어주는 그림을 주로 그렸다. 그러는 동안에도 어릴 때부터 해오던 습관적 상상, 공상은 계속되었다. 그러다 SNS 연재를 시작했다. 10여 년간 머릿속에서 쌓이고 쌓인 것을 꺼낼 지면이 생긴 것이다.

그렇다면 아이디어가 어디서 나오는 걸까? 어제 준비한, 오늘 튀어나온 것은 아닐 것이다. 그건 다른 창작자도 마찬가지겠지. 지금 재미난 게 떠올랐더라도, 그 씨앗은 아주 먼 과거에서부터 싹텄을 것이다.

오랜만의 아웃풋 작업이라 나름의 즐거움이 크지만 에너지 소모가 크다는 생각도 하고 있다. 잘 안배해서 재밌는 걸 많이 보고 충전도 하며 보내고 싶다. 이 바람 역시도 모든 창작자들이 마찬가지겠지.

#징크스

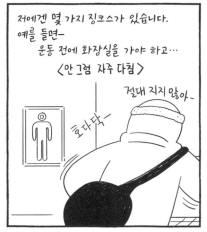

 keykney • 아니면 짜파X티 한 봉에 비X고 찐만두 한 봉.

#프로의 세계

기업 사보, 홍보 일러스트 작업 미팅.

작가님, 기업 로고가 잘 보이도록 표현해주시고요. 기업의 깨끗한 이미지가 잘 나타나도록 작업해주세요.

네, 컬러도 원색으로 세련되면서 깔끔하게 표현하면 어떨까요?

네, 부탁드립니다.

어린이 단행본·잡지 작업 미팅.

작가님, 똥은 최대한 크게 그려주시고요. 방귀도 같이요, 네네, 지진 난 것처럼요.

똥방귀의 효과음을 크게 표현하는 건 어떨까요? 뿌아아앙 같은—

좋은 지적이군요.

 keykney • 이게 프로다.

#또 비 오는 날

keykney • 프리랜서 최고의 필살기.

#소름 끼치는 손

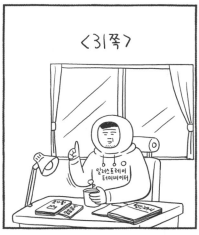

 keykney • 손은 눈보다 빨랐다.

#덤벼라 세상아

 keykney • 언젠가 꼭 하고 말 거야.

keykney

　일러스트레이터로 그림을 그린 지 8~9년쯤 지났을 무렵 큰 병이 찾아왔다. 몸보다 마음이 아팠다. 갑작스러운 상황에 '이게 뭐지?'라는 생각이 들었고, 무서웠다. 태어나서 한 번도 겪어보지 못한 느낌. 심장이 계속 빠르게 뛰어 밥을 먹을 수도, 잠을 잘 수도 없었고 결국 일상생활이 불가능한 수준에 이르렀다. 2주 사이에 체중은 7~8킬로그램이 빠졌고 수면제 없이는 잠을 이룰 수 없었다. 나한테 이런 일이 생길 줄은 꿈에도 몰랐다. 나는 늘 긍정적인 사람이고, 건강하게 살고 있는 줄만 알았다.

　지금 돌이켜 보면, 나는 참고 있었다. 불안정한 수입과 미래, 이를 떨쳐내기 위해 맹목적으로 감당했던 작업량, 집안을 책임져야 한다는 압박감, 8~9년을 미친 듯이 일했어도 남는 게 없는 커리어, 돈과 명예에 대한 집착과 그로 인해 시들어버린 그림에 대한 순수한 욕심. 이 모든 게 나도 모르는 사이 곪아 터져버린 것이다. 번아웃이었을까, 공황장애였을지도 모른다. 도저히 견딜 수가 없었다. 일을 시작하고 처음으로 애써 계약한 일들을 전부 파기하고 세상 밖으로 숨어야 했다.

　일단 살아야겠다는 생각을 했다. 그렇게 아무것도 안 하고 반년이 넘도록 쉬었다. 외롭다는 것, 슬프고 우울하다는 것, 생소했던 그 감정들에 빠져들면서 정말이지 힘들었다. 그나마 다행인지 불행인지 내 주변의 동료 작가들도 나와 같은 일을 겪었기에 조언을 듣고 위로도 받았다.

특히 친구들에게 큰 신세를 졌다. 평생 처음으로 내가 도움을 청하자 친구들은 많이 놀란 모양이었다. 단체 대화방에 초대된 14명의 친구들은 내 부탁으로 하루에 한 명씩 나를 산책시켜 주었다. 그나마 산책을 하고 나면 조금은 안정이 됐다. 무엇보다 이겨내야겠다는 의지가 생겼다. 나는 지기 싫었다.

그렇게 쉬면서 산책, 여행, 독서, 영화·음악 감상… 그림 그리는 것 빼곤 다 했다. 그림을 다시 그리는 건 두려웠다. 지긋지긋하기도 했고 내가 다시 잘할 수 있을까, 버틸 수 있을까 하는 나약한 생각도 많이 했다. 그런데 아무리 생각해도 나에게 그림보다 재밌는 일은 없었다. 용기를 내 다시 시작한 일이 취미 삼아 SNS에 만화를 올린 것이었고, 그게 키크니의 시작이었다. 필명으로 내 마음대로 낙서하듯, 그렇게 다시 천천히 그림을 그리게 되었다.

#할 수 있다

🙂 keykney • 모든 창작자를 위하여.

keykney

SNS에 올리는 일상 만화에 많은 분들이 댓글을 달아준다. 나는 만화 자체보다 이 댓글이 참 재밌고 좋다. 거기에다 다시 내가 대댓글을 다는 것도 재밌고, 독자분들끼리 서로 댓글을 다는 걸 보는 것도 재밌다. 내 일상의 어설픈 일들을 본인들의 일상에 투영하고 공감하고, 이를 공유하고 그러면서 또 자신의 경험을 이야기하는 그런 과정들이 좋다.

어느 정도 거리를 유지하면서 소소하게 나누는 한마디가 오히려 가까운 사람들과 나누는 대화보다 지친 하루의 힘이 되기도 한다. 물론 이건 내 입장에서 그렇다는 거고, 내 만화를 보는 분들도 그랬으면 좋겠다는 것.

#키코니 작가님

동네 많이 먹는 형이나 좀 모자란 부랑자 같다고 생각하겠지만, 사실 전 프로 상업 일러스트레이터입니다.

이 만화는 그냥 제가 재밌어서 하나씩 그린 건데 감사하게도 만화를 보고 작업 의뢰가 들어와 미팅을 하러 가게 되었습니다.

미팅은 가격 협상과 작업 피드백 방향 등을 정하는 자리기 때문에 약간의 기 싸움이 존재합니다. 그래서 미리 멘탈과 정돈된 복장, 포트폴리오 등을 완벽히 체크해야 합니다.

 keykney • 이 와중에 키코니 누구야.

#사람니

 keykney • 치… 치과 다… 다녀오겠습니다.

#고독한 싸움

프리랜서로 혼자 일하다 보면 하루 종일 말 한마디 안 하기도 하고 사람이 그립기도 합니다.

그래서 모임이나 세미나 등을 가게 되는데 혼자 생활에 익숙해 한마디도 못 하거나 두서없이 아무 말이나 하고 오게 되죠.

그런 생활을 반복하고 살다 보면 지치고 힘이 들죠, 그래서…

혼잣말을 하게 됩니다….

자! 이제 그림 나라로 떠나 볼까요~ 뿌!뿌!~

 keykney • 사실 이 정도는 아닙니다.

#프로의 음악 감상법

일러스트레이터와 음악은
자웅동체 같은 관계라고 할 수 있죠.
특히 저는 어릴 적부터 좋은 음악,
숨겨진 명곡 찾기를 좋아했습니다.

잡식이라고 하죠.
최신 음악부터 옛날 노래까지
장르 불문 가리지 않고 듣습니다.

재밌게 그려야 하는 그림은 K-POP
센스가 필요한 그림은 힙합
진중한 역사물은 발라드
비트에 맞춰 펜을 놀리는
이곳은 리듬 정글, 비트 사각지대
그렇게 음악에 취해 그린 그림은…

수정이 들어옵니다.

 keykney • 드랍 더 수정.

keykney

어릴 적부터 가사보다 멜로디가 좋아 음악을 들었다. 나이가 들어가며 저릿함을 느끼게 하는 가사도 있었지만, 어릴 때는 가사의 뜻도 잘 몰랐기 때문에 주로 멜로디에 심취했다. 내 상황에 멜로디를 이입하는 재미가 있었다.

예를 들어 우리 팀이 지고 있는 축구 경기, 교체 선수로 내가 투입되면 귓가에 웅장한 멜로디가 울려 퍼지며 경기를 뒤집고 승리를 거머쥘 것 같은 느낌이 든다. 드라마 OST를 들으면 갑자기 드라마에서 나올 법한 슬픈 사랑 이야기의 주인공이 되어 몰입하기도 한다. 그래서인지 그때 그 음악이 나오면 그 시절이 또렷이 소환되는 효과가 있다.

고등학교 2학년 때였다. 친구가 옆 학교 아이들과 시비가 붙어 몇 대 맞고 돌아오자 우리는 흥분하기 시작했다. 다 같이 그 학교를 찾아가네, 마네 했던 기억이 있는데 그때 내 머릿속은 이미 드라마 〈야인시대〉(2002~2003) OST가 재생

되었고, 나는 상상 속에서나마 내 친구를 때린 아이들을 무참히 쓰러뜨린 뒤 젤을 발라 말끔하게 넘긴 머리를 여유롭게 매만지고 있었다. 현실에서는 결국 서로 화해하고 끝이 났지만.

　내가 남보다 특이한 상상을, 그것도 아주 길게 하고 있는 걸까? 이 글을 쓰면서 왠지 남들은 어떻게 상상하는지 궁금해진다. 여하튼 내 생활에서 나와 가장 가까운 건 음악이다. 요즘 노래건 옛 노래건 가리지 않고, 먹는 것 못지않게 잡식으로 많이 듣고 좋아한다. 좋은 음악을 찾아 들으면 그 하루가 즐거워진다.

#책상에서 하는 일

하루 종일 늦은 시간까지 열심히 책상에 앉아서 노력하는 사람들. 그들의 뒷모습을 보면 멋있기도, 안쓰럽기도 합니다.

할 수 있다.

합격

그들의 노력이 좋은 결실을 맺어 아름다운 꽃으로 만개했으면 좋겠습니다.

김과장 날라차기 하고싶다 퉤ㅡ

저도 같은 입장에서 최선을 다해서 제가 이루고 싶은 꿈을 향해 열심히, 열심히

달려가겠···

 keykney • 이 다 나왔다. 이 음식 놈들아.

#하고 싶다

저는 작업 공간이 바뀌면
집중이 더 잘되는 편이라
요즘은 카페에서 작업을 많이 하고 있습니다.

그런데 오랜 시간 작업을 하다 보니
괜히 직원분 눈치가 보이고 민폐 손님 같아서
몇 가지 규칙을 정했습니다.

음료 하나 시키고 그시간 이후엔
음료 추가 또는 요깃거리 주문.
테이블은 딱 한 테이블만.
이게 제가 정한 룰입니다.
이러면 직원분도
민폐 고객이라고
생각 안 하시겠지?

후훗, 저 만족하시는
표정—

퇴근하고 싶다. 퇴근하고 싶다. 퇴근하고 싶다.
퇴근하고 싶다. 퇴근하고 싶다. 퇴근하고 싶다.
퇴근하고 싶다. 퇴근하고 싶다. 퇴근하고 싶다.
퇴근하고 싶다. 퇴근하고 싶다. 퇴근하고 싶다.
퇴근하고 싶다. 퇴근하고 싶다. 퇴근하고 싶다.
퇴근하고 싶다. 퇴근하고 싶다. 퇴근하고 싶다.
퇴근
퇴근

 keykney • 보통 내공이 아니다.

#프로의 손놀림

아찔하다… 프로의 손놀림.
최첨단 기계를 부종 심한 다리 주무르듯
강약중간약 컨트롤한다.

쓱쓱
쓱쓱
푸다닥
푸다닥

섹시하다…
단어 하나하나가
고급스러우면서도
강한 프로의 냄새로
진동한다.

쓱쓱

어렵겠지만
컨트롤S로 세이브하고
컨트록Z로 저우도록 햇!!

달그락
달그락

메일이 왔군.
프로는 확인부텃.

지잉-

제·이·에·에·스…

네버
ID
pw

keykney • 20년 차 프로 독수리.

#진정한 친구

 keykney • 날 쏘고 가라.

keykney

　밤 11시가 되면 채비를 마치고 그들을 만나러 간다.(그들의 일이 끝나는 11시에 맞춰 이 만남이 성사된다.) 이미 길가에는 거하게 취한 사람들, 취하고 있는 사람들로 북적이는 시간. 나는 그들을 만나 안부는 묻지 않는다. 그저 눈빛을 마주치고 동네 맛집으로 향한다.

　오늘은 횟집이다. 우리에게 술은 필요하지 않다. 횟집에 왔으면 회, 고깃집에 가면 고기, 순댓국집에 가면 순댓국에만 집중한다. 이 모든 것들은 우리가 만나서 당일에 섭취하는 것들이다. 우리는 그런 사나이들이다. 나를 제외한 둘은 어릴 적부터 친구로, 먹성이 대단해 나와 견줄 만하다.

　어느 정도 배를 채우고 나면 그제야 대화가 시작된다. 회는 누가 살 것인가, 나는 오늘 기분이 안 좋으니 너희가 계산해라…. 선수들의 입씨름이 시작된다. 계산할 분위기가 잡힐 때쯤 되니 한 친구가 갑자기 배가 아프다고 한다. 늘 있는 일이다. 이제는 말할 기력도 없다.

　정리가 된 뒤에 다음 행선지를 찾는다. 차가운 회를 먹었으니, 이번에는 따끈한 국밥을 먹자는 합리적인 결론을 이끌어낸 우리는 그곳으로 걸음을 옮긴다. 길가의 취객보다 더 낄낄거리며 옛이야기나 오늘 있었던 일들을 뿜어낸다. 하루의 스트레스가 모두 날아가는 기분이다.

　국밥을 먹으면서도 뭘 먹을지 생각한다. 다음 날 2킬로그램이 쪄 있고, 얼굴은 찐빵이 돼서 어디 나가기도 부끄러운 몰골로 변하지만 살은 빼면 되지 않겠는가! 먹을 걸 빼는 일은 있을 수 없다. 물론 먹을 때의 분위기도 뺄 수 없고. 그나저나 오늘은 뭐 먹지?

#착각이었네

가끔 콘티를 짤 때나 가벼운 러프 스케치를 할 때는 야외에 나와 작업을 합니다.

집 앞 공원으로 고고-

일러스트레이 터네이터

평일 낮 공원은 산책하시는 어르신 몇 분을 빼고는 한적해서 음악을 크게 틀고 그림을 그리곤 하는데…

일러스트레이 터메이터

음악 소리 때문에 다른 소음은 차단되고 이 세상에 저, 풍경, 그림만 있는 듯한 기분 좋은 착각이 들곤 하죠.

일러스트레이 터메이터

착각 이었네.

 keykney • 즉석 캐리커처가 시작되었다.

#누명

🙂 keykney • 도둑이 제 발 저리고 말았다.

#신속하고 정확하게

프로 일러스트레이터도 실수는 합니다.
완벽한 인간은 없으니까요.

앗 어런!!

엄청 놀란
표정

일러스트레이
터미네이터

실수는 할 수 있습니다.
그걸 바로잡고 반복하지 않으면
되는 것이죠.

일러스트레이
터미네이터

신속하고 정확하게!
후회할 시간에 바로 실행하세요.

일러스트레이
터미네이터

방금 시켰는데요.
엽기오뎅 중간맛에
라면 사리 말고
우동 사리요.
네. 죄송합니다.

일러스트레이
터미네이터

 keykney • 좋았어, 카리스마 있었어!

#조건반사

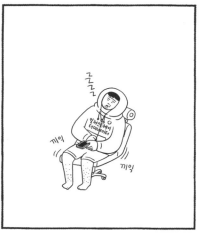

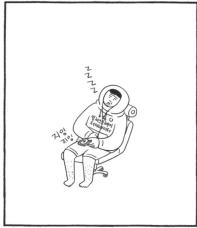

 keykney • 더 치밀한 준비가 필요하겠어.

#돈키호테

 keykney • 미겔 데 세르반테스.

#뭘 먹이셨기에

제 키와 덩치는 장점도 많지만
장시간 앉아서 그림을 그려야 하는
이 직업에는 상당히
불리합니다.

구부정

구부정

어딜 가든 책상과 의자가 낮아서
허리, 목, 어깨 안 아픈 곳이 없을 정도죠.
<요즘 높낮이 조절 책상이 나왔지만
이미 만신창이.>

<목>
곧 목디스크
올 예정

<어깨>
토르가 망치로
때려도 안 아플 듯

<허리>
그나마 운동으로
버티고 있음

그러다 어머니와 통화 중 농담으로

어뭐, 저 뭘 먹이셨기에
이렇게 커전 건가요?
살도 잘 째는 체결이고-

아드님 리슨:

일러스트레이
터미네이터

아드님은 태어나길 5.3킬로로
태어나셨습니다.
그리고 제가 먹인 게 아니라
본인이 드신 거예요.

일러스트레이
터미네이터

keykney • 그 돼지가 자라서 어엿한 돼지가 되었습니다, 어머니.

keykney

　　5.3킬로그램. 태어날 때 몸무게이다. 당시 산부인과 선생님은 30년 의사 생활 동안 가장 큰 아이를 보았노라 말씀하셨고, 간호사 선생님들은 신기해서 서로 안아보려 앞다퉜다고 한다. 그때 우리나라 최고 우량아가 5.8킬로그램이었다고….

　　그렇다. 나는 타고난 돼지. 순화해서 건강한 아이였던 것이다. '돼한의 건아'라고 해도 좋겠다. 먹성을 타고났지만 그나마 불행 중 다행으로 운동을 굉장히 좋아해서 나름 선방하며 현재 체구를 유지하고 있다. 하지만 워낙 전적이 화려하다 보니 조금만 틈을 보여도 3~4킬로그램은 그냥 불어버리는 몸이다.

　　종종 진지하게 스트레스를 받을 때도 있다. 이 상태를 언제까지 유지할 수 있을까. 나이가 들면 무슨 운동을 얼만큼 해야 할까. 그런데 그 와중에도 나는 음식을 줄일 생각만큼은 하지 않는다. 역시 나는 타고난 돼….

#브레인스토밍

다양한 프리랜서들이 활동하는
홍대 작업실.
가끔씩 브레인스토밍 하는 시간을 가진다.

저번 사안에 대해서
다시 토론해볼까요?

네, 이번엔
다른 시각으로
접근해보죠.

시작 하실까요?

〈영상 PD〉

〈일러스트레이터〉

〈인문학 전문가〉

각자 한 분야의 전문가들이어서
다양한 관점과 시각으로 시간 가는 줄
모르고 열띤 토론을 한다.

미장센이 저와 그로과는
어울리지 않아요.

흠 —

인문학적으로
그것은 바닥을 향하게
되어 있습니다.

그러곤 프로들답게
깔끔하게 결론을 도출한다.

고생들 하셨습니다.
그래서 결론은 —

PD님은 일반쓰레기
전 플라스틱, 빈병, 종이류
형님은 바닥 청소 담당으로
결정되었습니다.

인문학적으로
만족스럽군요.

뿌듯

keykney • 다음 시간에는 '간식 타임은 3시가 좋을까, 4시가 좋을까'에
대해 진지하게 토론해보겠습니다.

83

#폭염과 기 싸움

아시겠지만 전 공동 작업실을 쓰고 있는데요.
같은 프리랜서끼리 대화도 많이 하고 의식하며 일하면 집중도 잘돼서 좋습니다.

작업 작업

일러스트레이
터미네이터

작업실과 집의 거리는 좀 멀게 해서 가는 동안 기분 전환도 되고 운동도 되게 만들었죠.
전 이런 작업실 다니는 게 너무 즐겁습니다.

일러스트레이
터미네이터

쉬이이이

일러스트레이
터미네이터

일러스트레이
터미네이터

 keykney • 안 가.

#가장 중요한 것

프로 일러스트레이터로서 이제 시작하시는 예비 일러스트레이터분들께 오래 살아남을 수 있는 팁을 좀 드리자면

좋은 그림은 기본이고 더 디테일 하게- 원고를 파악하는 능력✧ 협상을 잘할 수 있는 멘탈✧

일러스트레이터미네이터

꾸준한 자기 관리✧미래를 위한 자산 관리✧ 그리고 가장 중요한 것이

일러스트레이터미네이터

에어컨.

고장나서 죽다 살아났네~

휘릭

쏴아아아아

휘릭

 keykney • 옷에서 다림질할 때 냄새가 난다 했더니 햇볕이 날 다리고 있었네.

#한마음

8명의 인원이 쓰는 공동 작업실이지만 보통 하루에 3~4명 정도가 번갈아가며 나옵니다.

이 인원으로 같이 점심도 먹고 커피도 마시고 재밌게 지내고 있지요.

가끔 회식을 하자는 제의로 약속을 잡기도 합니다.

오늘 초복인데 우리끼리 회식이나 할까요?

넵.

 keykney ● 회식은 귀신같이 알아채는 회식 사냥꾼들.

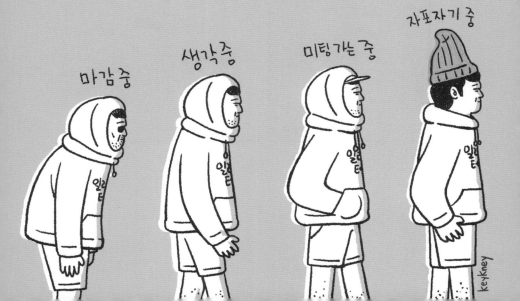

#외모의 영향력

 keykney • 그 심정 충분히 이해하지만 아닙니다.

keykney

　중학교 3학년 때 지금의 키인 188센티미터가 되었다. 살은 포동포동, 거기다 얼굴은 까무잡잡해서 아무것도 안 했는데도 아이들이 경계하는 위치가 되어버렸다.

　고등학교는 서울에서 거의 유일하게 교복을 입지 않고 사복을 입는 곳으로 진학했다. 오직 교복만이 내가 미성년자임을 확인시켜 주는 증거였는데, 그것이 없어지고 나선 수없이 많은 좌절을 맛봐야 했다.(호칭부터 아저씨, 삼촌이었다.) 그래도 그때는 젖살 때문인지 인상은 그리 나쁘지 않았다.(약간 귀염상이었다고 생각한다, 난.)

　문제는 살이 빠지기 시작한 대학생 때부터였다. 당시 유행하던 힙합 패션을 즐기기 위해 XXXL(쓰리엑스라지)를 입고 머리는 반삭발을 했으며, 땡볕에 운동을 많이 한 얼굴은 검디검었다. 거기다 그림을 많이 그린 탓인지 시력이 나빠졌는데, 운동을 좋아하는 나로선 안경을 쓰는 게 불편해 쓰지 않았다. 그래서 항상 인상을 쓰며 사람들을 쳐다보고 다니게 됐다.(기분이 나빠서 그런 게 아니라 잘 안 보여서.)

　사실 나는 내가 인상을 쓰고 다니는지 어쩐지 전혀 인지

하지 못했다. 나중에 동기와 선배들이 첫인상이 너무 무서웠다고, 검은 생명체가 자꾸 말을 거는데 너무 불편했다고 하는 말을 듣고 나서야 깨달았다. 그것도 모르고 선배들이 내게 존댓말을 쓰는 걸 보고 소문으로 듣던 안 좋은 대학 문화가 사실은 과장이었구나 생각했다. 첫인상에 대한 얘기를 들은 그제야 진실을 알게 된 것이다.

그렇게 시간이 흘러 그림 일을 시작하고, 외출이 줄어들면서 피부도 하얘지고 어쩔 수 없이 안경도 쓰게 되었다. 이후 지인들은 내 인상이 한층 부드러워졌다 말했고, 나도 이를 실감했다. 사람들이 나한테 예전보다 자연스럽게 다가오는 느낌이었고, 뭔가 무섭다고 생각하는 사람도 없는 듯했다.

그래서 내가 하고 싶은 말은, 사람의 내면을 중요하게 생각해야 한다는 말이 틀린 건 아니지만 몸소 체험한 바로 외모의 영향력도 무시할 수 없는 건 아닐까 하는 의문이 든다! 안경을 쓴 뒤로 순해 보인다는 말까지 들은 나로서는 말이다.

#입맛 없네

keykney • 프로는 점심이 오기 전에 저녁을 생각한다.

#이분이라면

제 목표 중 하나가 홍대에 1층 작업실을 차리는 건데 정말이지 그곳의 월세는 어마어마합니다.

계속 꿈만 꾸고 있다가 이분이라면 해결해주실 거라는 생각에 자문을 구하기로 했습니다.

그래, 이분이라면!

keykney(키크니)의 무엇이든 그려 드립니닷!

서울 홍대 쪽 1층 작업실 월세가 너무 비싸요. 월세 깎아주는 그림 그려주세요.

월세 까까로 드립니…

 keykney • 사사… 사이다다!

프리랜서로 일하다 보니 혼자 작업실을 구해 쓰기도 하고, 지금처럼 공동 작업실을 만들어 다른 작가들과 같이 쓰기도 한다. 하지만 어떤 작업실을 쓰더라도(심지어 혼자 쓸 때도) '나만의 작업실'에 대한 로망이 분기별로 마음속에 휘몰아친다.

　일단 유동 인구가 많지 않은 예쁜 동네의 건물 1층이면 좋겠다. 천장이 높고, 벽은 화이트, 곳곳에 체크무늬 타일로 포인트를 주어 심플하면서도 멋스러움을 놓치지 않은 인테리어! 벽 곳곳에는 무심한 듯 내 그림을 걸어, 보는 이들에게 아찔함을 선사하고 싶다. 가끔 손님이 오면 직접 내린 차를 마실 수 있는 티 테이블과 몸을 누이면 '딥 슬립'을 할 수 있는 푹신한 소파도 갖춰야 한다. 작업실 주변에는 숨겨진 맛집이 촘촘하게 있으면 하고, 옆집은 낮엔 커피향이 진동하고 저녁에는 맥주를 파는 가게여야 할 것이다. 아, 2층은 마라탕집이 있음 좋겠다. 걸어서 10분 거리에는 농구장 딸린 공원과 어느새 그 공원을 같이 걷고 있는 내 아내와 아이들, 고양이 한 마리, 강아지 한 마리… 또….

　그만하자, 일이나 해야지….

#안된다, 된다

더워서 그런지 작업이 잘 안되네….

단골 카페가 내부 수리 중이라 그런지 작업이 잘 안되네….

4차 산업혁명 시대에 발맞춰 나아갈 수 있을까란 생각에 작업이 잘…

작가님 작업 끝나는대로 고기, 먹으러 가죠.

된다다다다닷!!

다다다다다

 keykney • 돈기부여!

#걷는 여행

저는 걷는 여행을 참 좋아하는데요.
마감이 끝나면 무작정 어디로든 떠나서
쭉 걷기 시작하죠.
특히 제주도를 많이 갑니다.

사람들이 많은 관광 명소나
맛집들은 제쳐두고
전 그냥 발 닿는 대로 걷고 또 걸으며
그간의 잡생각들을 정리하죠.

하루에 6~7시간 정도 그냥 걷는데
그러면서 발견하는 우연의 경치와 음식들이
오히려 깊은 감동으로 다가옵니다.

는 개뿔. 사실 그냥 길치예요.

후후
여기 어디지.

 keykney • 마미 보고 싶다.

keykney

걷는 걸 굉장히 좋아해서 짬이 날 때마다 제주도를 찾는
다. 해외는 언어에 대한 막연한 두려움 때문에 잘 못 가고,
나에겐 제주도가 딱이다. 제주도에 가면 관광 명소나 맛집
은 일절 가지 않고 걷다가 발견한 식당에서 밥을 먹고, 다시
걷다가 어두워지면 근처 숙소로 들어가 잠을 잔다. 이렇게
4박 5일 정도를 반복하고 작업실로 복귀하면 그동안 쌓여
있던 걱정과 근심이 모두 해소되는 느낌이다.

왜 나는 걷는 걸 좋아할까. 최근 순례길을 걷는 사람들
의 이야기를 들으니 좀 알 것 같았다. 막연히 길을 걷다 보
면 넘쳐나던 생각들이 스스로 정리되는 듯하고, 온전히 나
를 들여다보는 데 집중하게 된다. 온몸에서 땀을 쭉 빼고 나
면 개운하기도 하고. 그래서일까. 순례길을 걷는 사람들이
그렇게 많이 운다고 하던데. 난 배가 고파서 울 뻔한 적은
있지만 아직까지 정신적 충만함으로 눈물을 흘린 경험은 없
다. 잘 나가다가 또 먹는 이야기로 가는 걸 보니, 조만간 다
시 제주도를 다녀와야겠다.

#너를 만난다면

어릴 적부터 어른이 되면 호랑이나 곰 같은
덩치가 큰 동물을
꼭 기르고 싶었다.

그러면 제명까지 못살겠다는 생각이
든 후로 방향을 큰 개로
바꾸었다.

왠지 모르겠지만
몸집이 큰 동물에 대한 로망이 있는 것 같다.
마음껏 쓰다듬어주고 싶고, 껴안고 자고,
산책도 하고

사냥도 하고!

위잉

위잉

 keykney • 노망 아닙니다. 로망입니다.

keykney

　지금 사는 집이 4층인데 계단을 오르다가 길고양이가 있는 걸 종종 봤다. 옆집에서 밥을 주고 있는 듯했다. 나는 그냥 고양이와 만나면 인사 정도 하는 사이였는데, 어느 날 옆집이 이사를 가면서 계단에 고양이 사료와 함께 쪽지를 남겼다. 자신이 이사를 가는데 가끔 올라오는 고양이를 누구라도 봐줬으면 좋겠다는 내용이었다.

　그 쪽지를 보고 올라가는데 마침 고양이가 있었다. 그런데 이 녀석이 배를 뒤집어 까고 내 발 옆에서 미친 듯이 애교를 부리는 것이다. 아마도 나를 꼬드겨서 밥 셔틀로 만들 계획이었겠지만 평소 돌부처 같은 마음의 소유자인 나는⋯ 3초 만에 사랑에 빠져버렸다.

　나는 밥 셔틀이 되기로 결심했다. 하지만 고양이를 집에 들여서 온전히 책임질 자신은 없었기에 밥만 맡기로 했고, 5층에 사는 분이 종이 박스에 수건을 깔아 고양이 쉼터를 만들어주었다.

몇 달간 집에 들어갈 때마다 고양이와 담소를 나눴는데, 녀석이 어느 날인가 자취를 감추었다. 윗집 아주머니는 어디 더 좋은 데로 옮겼을 거라고 말씀하셨고, 나도 그렇게 믿고 싶지만 혹시 나쁜 상황이 일어났으면 어쩌나, 내가 만약 집에서 키웠다면 어땠을까, 녀석이 힘든 자신을 돌보지 않은 나를 원망하진 않을까 계속 여러 가지 생각이 든다.

　　그 생각들이 좀처럼 멈추지 않아서 만화로 옮기고 있고, 아마 이 글을 책으로 선보일 때쯤이면 어정쩡하게 돌보았던 그 고양이에 대해 연재를 하고 있지 않을까 생각해본다. 이렇게 계속 떠나버린 그 고양이를 생각만은… 하고 있다.

#어느 밤

keykney • 또 졌다.

#로망

 keykney • 씻고 다시 온다.

keykney

　　대학을 졸업하고 1년간 10평도 안 되는 월셋집에서 선배 네 명과 살았다. 말이 작업실이지 정말 가관이었다. 돈 없는 백수 다섯 명이 먹고살겠다고 천 원짜리 마늘햄 다섯 개를 사서, 그걸 또 맛있게 만들겠다고 나는 간장으로 볶고, 누구는 고추장으로 볶고….(그 와중에 건강을 생각해서 햄을 볶을 때는 양파를 넣는 걸 잊지 않았다.) 부족한 여건에서도 최상의 끼니를 위해 애썼다는 게 새삼 놀랍다.

　　이 젊은이들은 동네 사람들로부터 극심한 경계를 받기도 했다. 후줄근한 차림으로 밤낮없이 좁은 집을 왔다 갔다 하는 청년들이 이상해 보일 만했다. 급기야 월셋집 바로 앞 슈퍼 아저씨는 우리 중 가장 순하게 생긴 선배를 골라 긴장한 목소리로 "여기가 뭐 하는 곳이오?"라고 물었다 한다. 뭐, 대충 흥신소나 불법 도박장 그런 걸 생각한 게 아닌가 싶은데, 그림을 그린다고 하니 안심한 듯했고, 나중에는 아저씨와 친해져서 과일 같은 걸 받기도 했다.(듣기로 개중 나를 제일 경계했다고….)

　　그렇게 1년을 살았고, 이후 나는 본가가 이사를 하면서 본가 옥탑에서 생활하게 됐다. 아무래도 집에서 지내다 보니 엄마 심부름이나 근처 살고 계신 할머니의 심부름을 종종 하였다. 단시간에 할머니의 친구분들 사이에서 내가 화제로 떠올랐는데, 역시 비슷한 이유였다.(낮에 덩치 큰, 후줄근한 차림의 청년이 반삭발에 슬리퍼를 끌고 다니니.) 취직이 안 되는 것 같으니, 다른 길로 안 빠지게 단속 잘해야 한다는 신신당부가 있었다고!

이 얘기를 듣고 난 뒤 나름 주변 시선을 의식하며, 간단한 심부름을 할 때에도 단정하게 입고 다니자 결심했는데. 그게 잘 안 되었다.

한번은 그 후줄근한 차림으로 할머니가 싸주신 김치를 집으로 배달하다가 길에서 넘어졌다. 시뻘건 김칫국을 온몸에 뒤집어썼는데 체면이고, 냄새고 그게 중요한 게 아니었다. 혹시 오해를 살까 싶어 집으로 뛰듯이 걸어가는 내내 나는 동네 어르신들에게 작게 속삭여야 했다.

"피 아니에요. 피 아니에요…."

#일침

예전에 고등학교 CA시간 만화 수업 강사를 잠깐 한 적이 있다. 이런저런 걱정과 달리 아이들이 말도 잘 듣고 참여도도 높아서 재미있게 다녔다.

이리 그리고 저리 그리면 뚝딱

일러스트레이 터미네이터

그러던 중 사춘기의 끝자락에 서 있는 쓸쓸해 보이는 눈동자의 한 소년이…

선생님, 그림 그리면 돈 못 벌죠? 얼마 벌어요?

난 순간 당황했지만 아이들의 생각이 너무 현실적인 데만 있는 것이 아쉬워 이렇게 말해주었다.

일러스트레이 터미네이터

너보다 많이 벌거든?

일러스트레이 터미네이터

 keykney • 끝나고 중요한 고기 약속도 있거든?

#충격 고백

얼마 전 아버지에게 태어나서 처음으로
스릉(LOVE)한다는 말을 들었다.
(그… 글로 쓰기도 힘든…)
순간 정신이 아득해지고
20개의 가락이 움츠러들었다.
엄청난 충격에 얼버무리며 전화를
끊고 깊은 고민에 빠졌다.

도대체  왜?

아버지가 그러실 분이 아닌데
여성호르몬이 과다 분비 되신 건가.
보증을 잘못 서셨나.
오만 가지 생각에 빠진 나는
결국 한 가지 생각에 도달했다.

다가올 생신을 위한
퍼포먼스다!

확  신

아, 아니얏!!

 keykney • 우리 아부질 모욕하지 맛!

keykney

아버지는 지금 택시를 운전하신다.

어릴 적 우리 집은 꽤 부유했던 걸로 기억한다. 아버지는 기타도 잘 치시고, 노래도 잘 부르시고, 글씨도 잘 쓰시고, 심지어 그림도 잘 그리신다. 꿈은 가수셨다고. 그런데 숫기 없는 성격이라 기회가 있었는데도 못 잡았다고 한다.

아버지는 가부장의 끝이었다. 그게 싫은 적이 많았고, 아버지를 미워한 적도 있었다. 아버지에게 맞아 코피가 수돗물처럼 콸콸 터진 적도 있다. 그 코를 붙잡고 혼자 병원에 간 것도 기억에 남는다.

그 자존심 강하고 독불장군 같았던 아버지가 집이 망하고 택시 기사를 한다. 아픈 어머니를 돌보며 산다. 퇴근하고 새벽에 마트에서 장을 봐 와 어머니에게 밥을 차려주고, 청소를 하고 주무신다. 태평양 같은 어깨도, 자신감도 눈에 띄게 위축됐다. 이제는 너무 작아 안쓰러울 때도 있다. 연세가 들어 여성호르몬의 증가 탓인지 최근에는 부쩍 보고 싶다는 말과 사… 사랑한다는 말까지 하신다. 이건 정말 놀라운 일이다.

기억 속의 가부장적이지만 당당한 아버지가 좋은지, 힘을 많이 잃었지만 가정에 충실한 지금의 아버지가 좋은지 잘 모르겠다. 일단은 좋아하시는 '메로나' 한 박스 사서 냉동실에 넣어놔야겠다.

#시작합니다

전 살이 잘 찌는 체질이라
운동을 꾸준히 해야
관리가 되는데
몇 개월 동안 작업과 게으름으로 인해
운동을 못 하고 앉아 있기만 해서…

일러스트레이
터미네이터

이렇게 되었습니다….
그래서 더 이상의 방치는
인류의 재앙이라고 판단!

일러스트레이

당분간 일러스트레이터미네이터
직함을 내려놓고…

휙!

시작합니다!

다이어
터미네이터

 keykney • 배 고 파.

#연연하지 않아

#좋은 생각

이제 강연이 일주일도 안 남았다.
재밌을 것 같아 하겠다고 했지만
점점 압박이 오고 있다.

무슨 말을 하지? 실망하면 어쩌지?
본의 아니게 날씬해 보이는 사진으로
사람들을 속이는 데 성공했지만
불어난 살들은 어쩌지….

쭈욱~   쭈욱~

몸무게가 늘어서 강연비도 늘었다고 취소할까?
좀비한테 물릴까 봐 부산 못 간다고 할까?
어차피 얼굴 모르실 테니 알바를 써서
대신 투입시킬까…?

아파서 못간다고 엄마한테 대신
전화해달라고 할까?

희번덕

 keykney • 이후 멘탈을 부여잡고 최선을 다해보기로 결심했다고 한다.

keykney

    SNS에 그림을 그리면서부터 강연 제의가 한 번씩 들어온
다. 언제나처럼 거절하다가 한 담당자분이 "그냥 오셔서 작
가님 좋아해주시는 분들이랑 담소 나누다 가시면 된다."라
는 말에 '아, 그래볼까?'라는 생각이 들었다.

    그렇게 처음 강연을 간 곳이 부산이었다. 정부에서 지원
을 받아 진행되는 행사라 오시는 분들이 무료로 들을 수 있
다는 말에 마음이 조금은 가벼워졌다. 그러나 당일이 되니
이게 웬일! 식은땀이 줄줄 나고, 사지가 떨리고, 도망가고
싶다는 생각이 머리에 가득 차 나름 준비한 말들이 싹 날아
가버렸다.

    관객분들은(애초에 기대가 크진 않으셨을 테니) 그런 모
습조차 그냥 좋게 봐주셨고, 나 역시 차츰 진정하고 입을 떼
고 편안하게 자리를 즐기게 되었다. 내가 평소 생각한 소소
한 것들을 말하고, 그걸 공감해주시는 모습을 만나니 웹을

통해 소통하던 느낌과 또 달랐다. 그 따스한 느낌이 정말 좋았다.

　사람과 사람 간의 대화가 가장 두렵고 무서웠던 적도 있는데, 이런 경험을 해보며 한 가지 더 배운다. 언제 또 이런 걸 해보겠나, 역시 일단은 해봐야지!

#철칙

내 인생의 스스로 다짐한
몇 가지 철칙 중 하나는
바로 빅 사이즈 옷만은 안 입기.
이것은 내 몸과의 자존심 싸움.

하지만 이제 나에게 남은 건
H&MN과 자라와거북이뿐

진 지

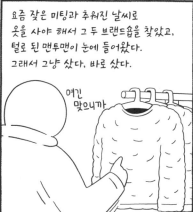

요즘 잦은 미팅과 추워진 날씨로
옷을 사야 해서 그 두 브랜드숍을 찾았고,
털로 된 맨투맨이 눈에 들어왔다.
그래서 그냥 샀다, 바로 샀다.

여긴
맞으니까

조금 핏 했지만 멋스러움이라 생각하고
작업실을 갔다.

바야바다!

바야바가 되었다.

살인 줄.

 keykney • 되었다.

#어디 가?

#허허허

제주도에서 정말 많은 일을 했습니다.

먹는 일과   자는 일을요.

일러스트레이
터미네이터

그리고 느낀 것도 많았어요.

제철 대방어의
맛을 느꼈고

혼자 많이 먹으면
느끼하다는걸
느꼈죠.

일러스트레이
터미네이터

작업은 많이 했느냐고요?

물론이죠.

일러스트레이
터미네이터

지잉 지잉~~

작가님 말씀
올리셨네요
마감은요?

 keykney • 편집자님이 팔로우하셨….

#너도 해봐

 keykney • 걔 키 나만 할걸.

#뭐, 지금도

왕년에 한창 잘나갔을 때(몸무게가) 농구 코트 위에서 제 별명이 몇 개 있었더랬죠.

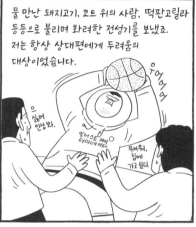

물 만난 돼지고기, 코트 위의 사람, 떡판고릴라 등등으로 불리며 화려한 전성기를 보냈죠. 저는 항상 상대편에게 두려움의 대상이었습니다.

가끔 그때가 그립군요.

뭐, 지금도 최선을 다하고 있지만요.

 keykney • 내가 아주 그냥, 왕년에 말이야~.

keykney

　지금껏 '그림 그리는 사람'이 꿈이었던 내가 아주 잠깐 한 번 정도 꿨던 또 다른 꿈은 바로 농구 선수였다.

　농구를 시작한 건 중2 때였다. 친구들을 따라 운동하러 나갔다가 우연히 접했는데, 그때 함께한 친구들이 지금도 가장 친하다. 당시 거의 일주일에 6일 정도는 농구를 했고, 농구를 하지 않을 때에도 온통 농구 생각으로 가득했던 시절이었다. 그때 뛰던 동네 농구장은 저녁 7시면 사람들로 득실거렸다. 코트가 좁다 보니 경기를 해서 이긴 팀이 다음 도전 상대와 게임을 할 수 있는 토너먼트 방식이었다. 주로 서너 팀 정도가 각축전을 벌이곤 했다.

　내가 기억하는 그들의 신상은 다음과 같다. 같은 중학교에 다니던 다른 부류인 '용수파'(팀의 리더 김용수가 만든 팀), 친구들 이름에 모두 S 자가 들어가 작명된 'S파.'(서술수라는 친구가 리더. 그 외 이름에 S 자가 들어가는 이순몽,

김민수, 김승규 등의 팀원이 있음.) 그리고 내가 소속된 평균 키 180센티미터의 '장신 클럽'에는 주로 형들이 소속돼 있었다.

승부는 매일 밤 계속됐다. 키만 컸지, 농구를 비교적 늦게 시작한 우리 장신 클럽은 초반에는 처참히 깨지기 바빴다. 하지만 나날이 늘어가는 실력과 팀원들의 승부욕으로 내가 중3이 되던 해에는 농구 코트를 점령하며, 용수파를 흡수 통합했고 정점에 서게 된다.

이 소문은 학교에까지 자자해지고, 고등학생이 되어서까지 장신 클럽은 꾸준히 활동했다. 여세를 몰아 우리는 각 지역 농구 팀끼리 시합을 할 수 있는 '스포츠 러브'라는 사이트까지 가입했는데… 거기서 무참히 깨지며 그 뒤 장신 클럽은 맛있는 걸 먹으러 다니는 '쭈구리' 집단으로 변모하게 된다.

#아버지

어릴 적 나에게 아버지는
과묵하고 근엄하고 진지하신 분이었다.

얼굴, 목소리
똑같음

근엄

진지

나는 그런 아버지의 모습이
재미없다고 생각했다.

어, 크니냐? 야, 빨리 나와.
축구 시합 잡혔어. 인마.

여보세요?

여보세요? 얀마 안 들려?
빨리 나와, 인원 모자라.

야, 이놈아.

알았어, 지금 나갈게.
이따 보장~

← 아들
성대모사 중

 keykney • 중2 여름, 아버지를 알았다.

122

#그래그래

 keykney • 그래그래, 허허.

#압니다

나는 할머니를 너무너무 좋아한다.
같은 동네 살면서도 할머니가 오신다고 하면
늘 마중 나가고 아이처럼 들뜨게 된다.
무뚝뚝한 내가 유일하게 마구 표현할 수
있는 분이다.

난 그 많은 손자,손녀들보다
특별하다고 생각해.

내 맘이야,
허허.

일러스트레이
터미네이터

나중에 숙모에게 들었는데
내가 군대 가던 날 할머니 댁에 인사드리고
떠나는 그 길을 할머니는 옥상에서
끝까지 보셨다고 한다.
그 안 좋은 무릎으로
엘리베이터도 없는
그 높은 곳에서…

이 사랑스러운 여인네를
어떻게 잊고 살 수 있겠어요.

그런데 살아가다 보니
가끔 깜빡하긴 해요. 할머니, 허허.

일러스트레이
터미네이터

그래도 압니다.
그 옥상보다 높은 곳에서
계속 보고 계시다는걸요, 허허.

 keykney • 자꾸 생각나서 그리는 만화.

124

#다짐 ①

줄곧 아메리카노만 마시던 제가
얼그레이도 마시게 되고
세수하고 로션만 하나 바르던 제가
핸드크림을 바르게 되었습니다.

원시인 같은 저를 아는 사람들에겐
이 변화가 정말 놀라울 텐데요.
이제 여기서 멈추지 않고!!

폰으로 지도를 보며 길을 찾을 수 있게끔
만들어보겠습니다!!

야, 인마! 너 그러다 쓰러져!!

 keykney • 지옥에서 온 기계치에 길치.

#쉬는 날

간만에 쉬는 날,
너무 간만이라 뭘 해야 할지 몰라서

밥을 시켰다.

밥을 다 먹고
뭘 해야 할지 몰라서

떡볶이를 시켰다.

 keykney • 그리고 꿀잠 자며 소화시켰다.

#네

 keykney • 소자, 오늘도 배웁니다.

#형

keykney

IMF 외환위기 때 집이 파산하고, 엄마가 친구한테 보증금을 빌려 단칸방으로 이사를 가게 되었다. 그리고 얼마 후부터 부모님은 아프기 시작했다. 그때 형은 호주로 워킹 홀리데이를 가버렸고 난 형이 도망쳤다는 생각에 원망까지는 아니지만 서운함을 가지고 있었다. 형도 형이 하고 싶은 게 있고, 공부도 해야 하는 걸 이해하니까 서운함이 길게 가지는 않았지만 난 대학생이었고, 집에 돈을 벌 수 있는 사람이 없었다. 이 시기 아버지와 내가 간간이 일을 하며 생계를 유지해야 했다.

형은 호주에서 알바를 하며 유학할 돈을 마련할 계획이었다. 하지만 장남이라는 무게가 그걸 막았나 보다. 형은 호주에 가 있는 2년 동안 매달 번 돈을 집으로 보냈고, 더 많은 돈을 벌기 위해 양털 깎는 일부터 양을 죽이는 일까지 가리지 않고 했다고 한다. 물론 공부할 시간은 그만큼 줄었겠지.

그렇게 형은 집에 돈만 부치다 한국으로 돌아왔다. 하고 싶은 일을 못 한다는 게 얼마나 참기 힘든 일인지 잘 알기 때문에 형이 한국에 와서 일이 잘 풀리지 않아 자괴감을 느끼는 모습을 볼 때마다 미안한 마음이 크다. 형에게는 항상 잘하고 싶은데 떨어져 있는 동안 생긴 서먹서먹함이 굳어버려 감정이 쉬이 유연해지지 않았다. 동생인 나에게 힘든 내색을 하지 않는 것도 미안하고, 형이 고생할 때 내가 도움이 되지 못했다는 자책감에 또 미안한 마음이 든다. 어렸을 때는 치고받고 싸우기도 많이 하고, 엄마가 구워준 고기를 하나라도 더 먹겠다고 난리를 치고, 둘이 몰래 오락실 가다 걸려 엎드려뻗쳐도 하고, 우당탕 좋았는데… 요즘 형을 보면 안쓰럽다는 생각이 먼저 드는 것도 참 미안하다.

#타협 없는 열정

작업실로 출근하는 지하철역 안에 있는 카페에서 가끔씩 커피로 기력을 충전하는데

아이스 아메리카노 한 잔이요.

꼭 그럴 때마다 열차가 들어온다.

따리리리리~

후후, 걱정 마세요. 이 장사만 3년째입니다.

열차 한 대쯤은 기다릴 여유가 있는데 다년간 몸에 익은 그의 본능적인 움직임과 열정은 애초에 타협 따윈 없는 듯했다.

치익

휙

그렇게 열정을 쏟으셨다.

치익

에쿠

휙

keykney • 쏟으셨다.

keykney • 형의 떡국은 기대 이하라는 평을 듣고 말았다.
저녁에는 나의 육회 심사가 있을 예정.

keykney

　15여 년 전, 엄마가 뇌경색으로 쓰러졌다. 집이 망한 충격 때문이었다. 한쪽 팔다리에 마비도 왔다. 시간이 지나면서 뇌경색 증상이 많이 나아지면서 집에서 움직이는 정도는 가능해졌지만 당뇨합병증으로 눈이 보이지 않게 되었다. 많이 힘들었다. 아버지도, 형도, 나도. 그러나 가장 힘든 건 엄마인 걸 잘 아니까 우리들은 최대한 내색하지 않으려 노력했던 것 같다.

　엄마는 항상 여장부 같았다. 아버지와 같이 우유집을 운영했는데 거의 엄마가 이끌다시피 했고, 매출이 많이 올라 점포를 늘리기도 하고 수완이 좋았다. 일하느라 바쁘신 와중에도 외식보다는 늘 집에서 맛있는 걸 만들어주려고 애쓰셨다. 손이 컸던 덕에 내 친구들, 형 친구들은 아직도 엄마의 푸짐한 음식을 기억한다. 그 덕에 나랑 형이 쑥쑥 잘 자라고, 나는 키크니가 될 수 있었던 거겠지.

　엄마는 항상 말씀하신다. 빨리 나아서 우리 아들들이 좋아하는 떡볶이랑 볶음밥을 만들어줘야 한다고. 외출은 힘들어도, 항상 운동을 열심히 하고 즐겁게 지내려는 엄마를 보며 '우리 엄마는 긍정적이네, 대단하시네'라고 생각해왔다. 얼마 전까지도 그렇게 생각했는데, 내 몸이 아프고 보니 그게 아닌 것 같다.

　엄마는 우리가 힘들까 봐 내색을 안 하셨던 것뿐이었다. 우리는 상상도 못 하는 고통을 견디며 살아왔을 텐데 그걸 모르고 지나온 날들이 무척 죄송해진다. 내 감정에 빠져 한때는 짜증도 내고 힘들어했던 것도 후회가 된다.

　몇 년 전 추석, 언제나처럼 엄마의 레시피를 들으며 형은 떡국을, 나는 아버지가 좋아하는 육회를, 아버지는 시장에서 사온 반찬을 준비해 함께 밥을 먹었다. 그때 엄마가 웃으면서 말씀하셨다. "눈이 아주 흐릿하게는 보여서 장애 2등급 판정이었는데 내가 따져서 1등급이 됐어. 혜택이 조금 더 많아질 거야."라며 좋아하셨다. 나와 형과 아버지는 별말 하지 않고 차려진 음식을 먹었다. 나는 "그게 좋아할 일이냐."라고 말하고 싶었지만 그러지 않았다.

　엄마는 아직도 빨리 나아서 시장도 가고 일도 하고 싶다고 말씀하신다. 지금은 다 사라져버린, 15년 전에 있던 예식장, 약국, 정육점, 파출소 이름으로 동네를 설명하는 엄마에게 이제는 선뜻 "엄마가 시장 보고 계시면 쫄래쫄래 가서 짐을 들게."라고 말하지 못하는 게 괴롭다.

 keykney • 뺐던 살이 봄처럼 돌아왔다.

#축가

결혼을 하는 친구의 부탁으로 다른 친구들과 축가를 부르게 되었다.
고음 불가인 나는 첫 소절을 맡았고 부단한 연습 후…

결전의 날.
하나도 떨리지 않았는데 신랑 신부 앞에 서는 순간 너무 떨려서…

친구들의 축가가 있겠습니다!

시작을 한 옥타브 높게 들어갔다….
친구들은 너무 당황했고 그 결과…

호소력이 더욱 짙어졌다.

 keykney • 난 친구들한테 쥐어터졌다.

#말장난의 폐해

오늘도 열심히 작업을 한다.
카페에서 아(이스)아(메리카노)와 함께

일러스트 레이
터미네이터

그저 묵묵히 정진할 뿐
셀럽이 되어도 별로 달라진 게 없다.
하나 달라진 게 있다면

네네. 아뇨,
그게아니라요.

일러스트 레이
터미네이터

아니,
그렇게 일방적으로
통보하…
상평통보.

일러스트 레이
터미네이터

일러스
터미

 keykney • 자꾸 말장난이 입 밖으로 나온다. 이런….

137

#오늘은

 keykney • 전 당연히 2번입니다. 여러분의 선택은요?

#언젠가는

keykney • 항상 반찬으로 해주시던 계란프라이가 없었다.

keykney

    SNS에 그림을 올리고 활동한 지 1년이 넘었다. 그간 책도 한 권 나왔고 이모티콘도 나왔고 나름 바쁘게 살았지만 아직 부모님과 형, 친척들은 내가 '키크니'라는 걸 모른다. 가족들과 사이가 나쁜 것도 아니고 내가 하는 일이 창피한 건 더더욱 아니다. 아버지나 어머니, 형 이야기를 그림으로 그리고 글로도 쓰고 있는데, 그걸 당사자들이 본다고 생각하면 "으으." 난 정말 민망함을 참을 수 없을 것 같다.

    그래서 키크니라는 필명을 만든 것에 항상 뿌듯함을 느낀다. 신상을 공개 안 한 것도 너무 잘한 일 같다. 덕분에 좀 더 솔직한 만화를 그릴 수 있다고 할까. 내 생각이 담긴 그림을 보여주는 게 아직은 쑥스러워서 그런 건지도 모르겠다. 언젠가 아버지께 책과 이모티콘을 선물하면서 "아버지가 나오는 만화를 그렸는데 사람들이 아빠 너무 귀엽대요." 라고 말하는 날이 오게 될까. 글쎄, 일단 지금은 아니다.

#괜찮습니다

다 비슷하겠지만 저에게도 상대방의 호의를 "괜찮습니다."라고 일단 말하고 보는 습관이 있습니다.

제가
그 정도는 해드릴 수...

아, 괜찮습니다.

일러스트레이어
터미네이터

물론 그게 그냥 빈말일 수도 있고 저도 부담 주기 싫어서 하는 말이지만

원하시면
저희 쪽에서 한번

허허, 괜찮습니다.

일러스트레이어
터미네이터

너무 그러다 보니 조금 선을 긋는다고 생각하거나 섭섭하다고 생각하는 사람들도 있더군요.

정말 진짜
괜찮거든요.

허허
저도 괜찮습니다.

일러스트레이어
터미네이터

그래서 이제는 그런 부분을 좀 더 신경 써서 고치도록….

작가님
뭐 좀 더 드시겠…

넵!

YES

끄덕

끄덕

일러스트레이어
터미네이터

keykney • 고쳤다.

#지옥의 제기차기

 keykney • 또는 뒤로 멀리뛰기 이긴 사람 집에 데려다주기, 드럼통에 신발 넣기 이긴 사람 집에 데려다주기 등이 있다.

keykney

친구들과 날을 잡고 우르르 만나는 날에는 아주 질펀하게 논다. 요즘은 풋살에 빠져 있는데, 5대 5 풋살을 한 뒤 고기 뷔페로 이동해 허기진 배를 미친 듯이 채우는 게 정해진 코스다. 어릴 적부터 농구를 같이했던 열 명의 친구들은 평균 키가 180센티미터 정도 된다.(앞서 농구 코트를 주름잡고, 맛집 순례단이 된 그들.) 나이가 들고 직장에 다니면서 옆으로도 세를 키워 100킬로그램에 근접한 인원도 서넛 된다. 그런 덩치들이 고기 뷔페에 가면 고기 씨를 말리는데, 그 와중에 술은 마시지 않는다.

다음 코스는 격하지 않지만 승부를 겨룰 수 있는 볼링이다. 농구나 족구처럼 공만 있으면 되는 운동보다 꽤 비싼 비용을 필요로 하기 때문에 볼링비를 건 내기는 모두 눈에 불을 켜고 집중한다. 그렇게 또 한번 승부욕을 불태우는 사이, 가정이 있는 친구들은 집으로 향한다. 참고로 친구의 아내들도 우리가 만나면 어떻게 노는지를 알다 보니 어디 가서 술 마시는 친구들보단 우리를 만나는 것을 반긴다고 한다.

이제 남은 인원은 네다섯 명. 자연스럽게 근처 호프집으로 향한다. 다양한 안주를 또다시 뜯고 맛보며 배를 채운다. 물론 술은 안 마신다. 그리고 마지막 하이라이트인 제기차기에 돌입한다. 룰은 간단하다. 제일 많이 찬 사람을 집까지 모셔다드리고, 2~5위는 다시 승부를 겨루고 또 거기서 이긴 사람을 집에 모셔다드리는 자존심이 상하면서 승부욕을 극한으로 끌어올리는 '안심 귀가 서비스 게임' 되겠다. 거의가 같은 동네에 살다 보니 가능한 게임인데, 그렇기 때문에 혹시 게임 중간에 도망갈 것을 방지하기 위해 이긴 사람 집에 도착하면 단체 사진을 찍고 채팅방에 올려야 한다. 아주 치밀하고 잔인한 게임이다.

지나가는 사람들은 다 큰 어른들이 세상 심각하게 제기를 차고 있는 모습을 보며 과하게 술을 마셨다고 생각하겠지만 우리는 한 방울의 알코올도 들이켜지 않은 맨정신이다. 그렇게 우리는 짧으면 10분, 길게는 15분 걸리는 집에 4시간씩 제기를 차고 나서야 모두 귀가하여 곤히 잠이 들 수 있다.

#청춘의 서막

제대로 그림을 그리기 시작한 건
초등학교 3학년 때인 듯하다.
낙서하듯 그리다…

친구들에게 잘 그린다는 소릴 듣고
자신감이 생겨 친구들 얼굴이며 반에서의
재밌는 상황들을 그리기 시작했다.

멋져

와

그렇게 나의 청춘의 서막이 열렸다.

물론 지금은 닫혔을 수도 있다.

응?

 keykney • 다시 열어보겠습니다.

keykney

　언제부터인지 정확히 기억은 안 나지만 초등학교 3학년 때부터 나의 그림 인생이 본격적으로 시작된 것 같다. 학교에서 개최한 쓰레기 분리수거 독려 포스터 그리기 대회에 나가 상을 받으면서부터였다.

　선생님과 친구들의 칭찬에 상까지 받으니 뭔가 인정받는 느낌이 들어 좋았다. 그 이후 친구들을 그려주거나 친구들을 주인공으로 등장시킨 이야기를 만들어 그려보기 시작했다. 친구들 특징이 드러난 만화는 항상 반응이 좋았고, 아이들은 내게 '다른 건 몰라도 그림은 잘 그리는 애'라는 타이틀을 주었다. 그럴 때마다 더 재밌는 그림을 그리려고 노력했고 그 과정은 늘 행복했다. 심지어는 같은 반 여자아이가 그림 그리는 게 멋있다며 러브레터 비슷한 걸 써준 적도 있다. 뭐 이 정도면 말 다한 것 아닌가! 난 더욱더 열과 성을 다해 그림을 그렸다.

중학생이 돼서는 본격적으로 전교에서 좀 그린다는 애들과 함께 그림을 그리며 생활했다. '슈퍼' 바른 생활 사나이답게 학교를 새벽 6시에 가서 그림을 그리며 놀다가, 저녁에는 농구를 하고, 밤 10시면 자는 생활을 규칙적으로 유지했는데 지금 생각해도 참 재밌었다. 내가 좋아하는 것들을 스트레스 없이 마냥 즐기기만 할 때였기에 그랬을 것이다.

　　특히 중3 때 담임선생님은 내가 그림 그리는 걸 무척이나 좋아하셨다. 내 그림을 아이들에게 보여주며 특별히 칭찬해 주기도 하셨다. 하지만 행복한 기억은 여기까지. 고등학교 땐 생각지도 않은 입시 지옥을 겪느라 힘들었으니 이만하도록 한다.

#주관적 작가 시점

바로 어제 미팅 가는 지옥철 안에서 드디어 내 그림을 보시는 분을 발견했다.

남의 폰을 보는 것이 예의에 어긋나는 일인 걸 알지만 난 그녀의 반응이 너무너무 궁금해 도저히 참을 수가 없었다.

keykney • 끝내….

#오늘의 음식

사람으로 하여금 삶의 원동력을 줄 수 있는
가장 쉬운 방법 중 하나는 맛있는
음식일 것이다.

반짝
반짝

먹음직

워스턴
레이
터미네이터

큼직

아묵자기

뜨끈
뜨끈

예로부터 나는 주위 사람들의 컨디션에
따라 음식을 추천해주면서
그들이 만족하는 모습을 지켜보며
깊은 성취감을 느꼈는데

뿌듯

너 너무 맛있다

행복해
너무..

스스로 그것을
선한 영향력이라 칭했고

화아아아

그것으로
되었다...

오늘은
마라탕입니다.

 keykney • 오늘의 컨디션을 말씀해주시면 메뉴를 처방해드립니다.
되는 데까지….

keykney

마라탕에 꽂혀 있다. 일주일에 3일은 마라탕을 먹는다. 요즘 나에게 가장 힐링이 되는 것 중 하나가 마라탕인데, 작업실 사람들은 물론 친구들에게도 이 매력적인 음식을 전파시켰다. 그럼 이 친구들이 또 다른 지인에게 전파시켜 내 주위로 온통 마라탕 마니아, 마라탕 좀비들이 포섭해 있다. 실제로 외식업계에 '마라 열풍'이 잠시 불기도 했는데 혹시 내 기여가 있는 건 아닐지.

내가 열광하는 마라탕은 중국 전통 마라탕은 아니고, 우리나라에 대중화된 마라탕이다. 이 음식은 내가 좋아하는 요소들이 참 많다. 우선 육수는 속이 아픈 매운맛이 아닌 담백하면서 얼큰한 국물(맵기 조절도 가능)이고, 뷔페식으로 재료 선택이 가능해 갖은 채소와 버섯, 두부, 꼬치, 고기, 면 등등 먹고 싶은 걸 푸짐하게 담을 수 있다. 특히 라면과 양고기, 쑥갓은 필수로 집어넣는다. 게다가 재료만 고르면 만들어주기까지 하니 얼마나 편리한 시스템인지! 편식이라는 단어를 모르고 사는 나이지만, 그날그날 끌리는 재료를 마구 넣어서 얼큰하게 만들어진 음식을 누가 싫어하겠느냐는 말이다. 크. '내일은 옥수수면에 소고기 추가해서 먹어야지' 다짐하며 잠이 든다.

#만창과 제육 요정

대학교가 멀어 자취를 해야 했던 나는 막노동으로 돈을 모아 친구들과 자취를 시작했다.

혈기 왕성했던 우리는 항상 배가 고팠지만 돈도 없고 할 줄 아는 건 그림뿐이어서 하루하루 피폐해져갔고

나는 살기 위해 남은 돈을 탈탈 털어 가장 싼 고기를 구입해 요리를 시작했다.

그때부터였다…

제육 요정의 요리 인생이…

아아아아!!

맛있게 볶아줄게♡

야 이녀석아 너무 맛있어!!

제육

keykney • 나… 사실 능력자였잖아?

keykney

먹는 것만큼은 아니지만 요리하는 걸 좋아한다. 대학생 때 동기들과 자취를 했는데, 다들 밥을 매번 사 먹을 형편이 안 돼 요리를 하게 됐다. 내 경우, 뭐랄까. 먹어본 놈이 흉내도 낸다고 이것저것 넣어서 뚝딱뚝딱 만들어내는데도 얼추 맛도 괜찮고 친구들의 반응도 좋았다.

그때부터 자신감을 얻어 본격 요리를 하기 시작했는데, 대표적인 메뉴가 간장떡볶이, 참치양파볶음밥, 닭볶음탕, 제육볶음이었다. 모두들 한창 먹을 때라, 싼 재료로 제법 맛있는 요리를 한다는 소문이 학교 내 다른 친구들에게 금세 퍼졌다. 결국 자취 중이던 제야의 숨은 요리 고수들의 귀에까지 들어가게 되었다.

그리하여 그들은 하나둘, 나에게 요리 대결을 청했고 어떤 도전이든 절대 피하지 않는 나는 그 대결을 받아들였다. 룰은 간단했다.

1. 각자 자신 있는 요리를 하나씩 준비한다. 2. 블라인드 테스트로 학우들에게 투표를 받는다. 3. 지는 사람은 그 식재료값을 모두 지불한다.

보기에는 간단했지만 당시 막노동으로 등록금을 마련했

던 나에겐 치명상을 줄 수 있는 대결이었다. 그렇기에 최선을 다해 경기에 임했다.

선수는 네 명, 1대 1 토너먼트로 진행됐다. 나는 첫 상대를 간장떡볶이로 간단히 제압하고 결승에 올랐다. 그리고 대망의 결승! 상대는 취사병 출신으로, 당시 쉽게 접하지 못했던 여심 저격 음식인 파스타를 들고 나온 짐승 같은 녀석이었다. 나는 내가 가장 많이 만들고 또 좋아하며 대중적인 입맛을 잡을 수 있는 제육볶음으로 결승에 임했다. 살 떨리는 블라인드 테스트가 시작되었다. 심사 위원들의 목구멍으로 들어가는 음식을 보는 것만으로도 긴장되는 순간이었다.

결과는 3대 1의 가벼운 나의 승리였다. 취사병 출신의 짐승 같은 녀석은 승복하지 못하겠다는 뉘앙스였지만 그가 만든 파스타는 호불호가 갈렸다. 그에 비해 내 제육볶음은 고추장 베이스지만 중간에 카레 가루를 넣어 싼 고기의 잡내를 없애는 동시에 풍미를 더했다. 그것이 결정적인 승리의 요인이었다. 그렇게 나는 우리 과 최고의 '맛'쟁이가 되었고 훗날 사람들은 나를 이렇게 불렀다. 만창과(만화창작과) 제육 요정.

#치명적 선물

갓 졸업하고 한창 배고플 때 선배 형들이 작업실을 차렸다고 해서(숙식 가능한) 집들이를 갔다.

뚜벅

뚜벅

다들 궁핍했기 때문에 집들이 선물로 먹을 거나 간단한 생필품을 사 갔는데 그날 비가 와서였나…

에이 뭐이런걸 허허허허

같이 먹어요

나는 장미를 선물했고

빰따귀로 돌려받았다.

 keykney • 그날 장미는 유난히 붉었고 내 뺨은 불이 났다.

#본능

첫 만남에 낯을 가리는 나는
일 관련 미팅도 그리 좋아하지 않는다.
하지만 일이니 마음먹고 가게 되는데…

안녕하세요~

아 네네 허허

일러스트레이
터미네이터

빨리 이 시간이 지나기만을 바라며
이야기를 진행하다…

이건 이렇게
하시는 게 어떨까요?

아네네 허허허

일러스트레이
터미네이터

나도 모르게…

허허, 작업 재밌게 하고 있죠~
일은 어떠세요?
고양이는 키우세요?

아 네…
그럼 이만…
싫어요.

일러스트레이
터미네이터

수다쟁이인 나를 발견한다…

네?

응?

일러스트레이
터미네이터

 keykney • 이 차가 식기 전엔 떠나겠소.

#멀티 불능

저는 집중력이 강한 편입니다.
이것의 장점은 집중이 잘된다는 것이고
단점은 그 외의 것들이
잘 안 보이게 되는 것인데
예를 들어…

지잉 지잉

일러스트레이
터미네이터

전화에 집중하면 휴지통에 빨래를 넣거나
빨래통에 휴지를 넣고

아 네네
네네네

스트레이
미네이터

전화를 끊고 다른 것에 집중하게 되면
그 집중과 집중 사이에 집중하지 못한 일들은

휙휙

집중하지 못한 대가를…

 keykney • 형이 많이 아꼈다.

keykney

내 치명적인 단점이라면, 두 가지 일을 동시에 못한다는 것이다. 한 가지에 집중하면 옆에서 누가 소리를 쳐도 잘 들리지 않는다. 이로 인한 에피소드가 하나 있다.

대학 시절 체육대회, 우리 과가 처음으로 농구 결승전에 올라갔을 때였다. 중요한 승부처에서 우리 팀이 파울을 얻어 나는 자유투를 준비하고 있었다. 그런데 긴장한 나머지 자유투 라인이 아닌 훨씬 앞에 서서 자세를 잡고 있었다.

주위 사람들과 관중들은 "뒤로 오라."고 소리를 엄청 질렀다고 하는데, 당시 나는 무조건 골을 넣어야겠다는 생각뿐이라 아무 소리도 듣지 못한 채 공만 튕기고 있었다. 결국 심판이 와서 자리를 안내해줬고, 장내는 웃음소리로 가득 찼다. 그러곤 졌다… 허허.

이 외에도 작업 중에 전화를 받으면 그 전화 받은 기억이 자동 소멸되어 다시 전화하는 일이 비일비재하고, 작업하다

다른 곳에 정신이 팔리면 작업을 어디까지 했는지 몰라 처음부터 다시 생각해야 하는 등 어딘가 많이 부족한 인간이다.

이런 모습을 어릴 적부터 봐온 어머니는 항상 "너는 비서를 두고 일해야 한다." 하고 말씀하셨는데, "어머니, 그것은 불가하오니 제가 최선을 다해보겠습니다."라고 했지만… 결국 작업하다가 오늘도 어머니 전화를 또 못 받고 말았다.

#다짐 ②

저는 지금 장염에 걸렸습니다.
발병 당시 하루 종일 지옥행 설사 열차를
급행으로 타고 난 후 병원에 갔습니다.

일러스트 레이
터미네이터

꾸르르릭

꾸륵
꾸륵
열차가 곧 들어
옵니다

의사 선생님께서 물으셨습니다.
뭘 먹고 그런 것 같냐.
저는 너무 많은 것을 먹어서 기억이 나지 않는다고
말씀드렸죠.

엄청나군요.

쑥스럽네요.

지금은 약 먹고 많이 좋아졌습니다.
지옥행 설차도 일반으로 바뀌었지요.

그리고 저는 이제 다짐합니다.
다시는 아무거나 주워 먹지 않기로!

일러스트 레이
터미네이터

<몇 달 전>
의사 선생님께서 물으셨습니다.
뭘 먹고 그런 것 같냐.
저는 너무 많은 것을 먹어서 기억이 나지 않는다고
말씀드렸죠.

흥미롭군요.

부끄럽네요.

이라고 말한 것 같은데…

 keykney • 아, 오늘 뭐 먹지.

#안주

가끔씩 지인들에게 나의 단점을
물어보곤 한다.

밥을 꾹꾹
씹어 드십시오.

일러스트레이
터미네이터

진지하게 얘기하는 건
아니지만 때론 내가 몰랐던 나 자신을
알아가는 데 도움이 되는데

살 뺀다는 말좀
그만하십쇼.

일러스트레이
터미네이터

이런 친절한 조언은
어디까지나 지인들에게 국한된 것이지
친구들에겐 그저…

맛있는 먹잇감을 주는 것에
불과하지 않았다.

시키지도 않은
안주가 나왔군.

중1 때부터
시작해볼까.

 keykney • 이날은 새벽에서야 집에 들어갈 수 있었다.

#추억 상자

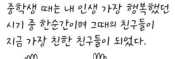

중학생 때는 내 인생 가장 행복했던
시기 중 한순간이며 그때의 친구들이
지금 가장 친한 친구들이 되었다.

그림을 그리며 살아야겠다고 생각했던
시기였고, 중3 때 담임선생님은
그 생각에 용기와 희망을 준 가족 외의
첫 어른이었다.

학교가 폐교 수순을 밟고 있다고
전해 들었을 때
그 알 수 없는 저릿함은 아마

추억을 넣은 상자가 없어짐에 따라
혹시나 추억도 흩어지지 않을까 하는
걱정 때문이겠지?

#웬일인지

올해는 정말이지
뜻깊은 날들의 연속이다.
바라던 첫 책도 나왔고

예전에도 밝혔듯 만들고 싶다고 했던
굿즈도 만들어져 나왔고

오래 걸렸지만 드디어 이모티콘도 나왔다.

그리고 나오지 말아야 할 것도 나왔다.

 keykney • 제일 잘 나왔다.

#30대 견주

운동을 하다 어깨에서 툭 소리가 나더니
어깨를 들 수가 없어서

컥. 픅!

끄으응

평소 잘 안 가는
병원엘 갔다.

오십견 입니다.

오십견 입니다.

오십견 입니다.

keykney • 30대에 드디어 견주가 되었다. 오십견주.

keykney

　그렇다. 오십견이 왔다. 어깨를 들어 올릴 때마다 죽음의 고통이 밀려온다. 어깨 사방에 네 번씩 맞는 주사가 너무 아프지만 통증이 심해 어깨를 들썩거리지도 못했다. 하필 또 그림 그리는 오른쪽이라 신경이 많이 쓰이는데, 그마나 그림을 그릴 때는 팔을 들어 올릴 때만큼 통증이 없어 다행이라면 다행이다. 나름대로는 건강에 신경 쓰며 운동도 하고 식이조절도 하는데, 뜬금없이 오십견에 걸리고 보니 멘탈이 흔들렸다.

　하지만 집중력의 화신 키크니! 하루 두 시간씩 고통의 재활치료를 하루도 빠짐없이 받아 의사 선생님께 장하다며 사탕을 받은 의지의 사나이! 오십견에 걸린 젊은 사람이 나밖에 없었기에 아픈 와중에도 어르신들께 예의 바르게 순서를 양보할 줄 아는 사나이!

　아, 하지만 이런 소리는 집어치우고 빨리 나아서 만세도 부르고, 등 간지러울 때 팔을 휙휙 돌려 긁고 싶다.

　고장 나고 보니 새삼 어깨의 소중함을 알게 된다. 그동안 그렇게 소중함을 알게 된 발목, 허리, 목, 손가락, 눈들아, 내가 잘할게. 영양제도 챙겨 먹고 허리도 펴고 다니고 거북목 교정도 받고 이도 잘 닦을게. 한 번 사는 인생, 건강이 최고다.

#왜 때문에

10년째 일러스트레이터 생활을 하다 보니 한 번씩 지인들이 자신을 그려달라는 말을 한다.

웬만하면 잘 그리지 않지만 친한 친구들에게는 나도 그려주고 싶은 기분이 들어 그려주는데…

아직까지 고맙다는 말을 듣지 못했다.

 keykney • 이 그림들은 '낙서'라는 폴더에 넣어두었다.

#복수 3부작

대학생 때 난 만화에 심취해 있었다. 좋은 작품을 만들기 위해서 열과 성을 다했는데

하하하하
감상성
감수성
열정 열정

그렇게 만든 단편 만화가 바로 복수 3부작. <공포의 얼음땡>, <제기왕 맹상봉>, <오! 탁구>인 것이다.

공포의 얼음땡
제기왕맹상봉
Oh! 탁구!

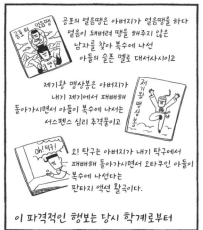

공포의 얼음땡은 아버지가 얼음땡을 하다 얼음이 돼버려 땡을 해주지 않은 남자를 찾아 복수에 나선 아들의 슬픈 멜로 대서사시이고

제기왕 맹상봉은 아버지가 내기 제기에서 패배해 돌아가시면서 아들이 복수에 나서는 서스펜스 심리 추격물이고

오! 탁구는 아버지가 내기 탁구에서 패배해 돌아가시면서 오타쿠인 아들이 복수에 나선다는 판타지 액션 활극이다.

이 파격적인 행보는 당시 학계로부터

아무런 말도 듣지 못했다.

 keykney • 나는 또다시 복수를 결심했다.

#괜한 생각

제주도 가기 전 친구들과 오래간만에 저녁을 먹었다. 제주에 간다는 말을 찌들어 있는 친구들에게 전하는 게 미안하기도 하고 짠하기도 했는데

"타니까 된장찌개에 물 좀 부어주세요." 라는 말에 불판에 물을 부어버리는 친구와

고기를 먹으러 온 손님에게 고기를 추가 주문하는 친구의 모습을 보면서

저기 리필좀...

비행기 시간을 조금 더 앞당기고 싶어졌다.

 keykney • 제주 도착하자마자 폰을 분실한 내가 할 생각은 아니었다.

#소문

 keykney • 디즈니는 어디서 나온 것인가.

#이런 뷰

충동적으로 제주 한 달 살기를 한다고 했지만
성수기라 방이 없었다.
그래서 내 마지막 보루, 애월에 사시는
이모와 이모부에게 현지인 찬스를 썼다.

네 이모~

구했다 내려오라.

이모

바르다

일러스트레이
터미네이터

그럴듯한 숙소는 필요 없어서 이모가 예약해주신
곳으로 바로 결정하고 찍어주신 주소로
곧장 갔다.

깔끔

깔끔

오 이모 숙소 좋은데요.
네, 급한 일 끝내고 찾아뵐게요.
이모부랑 같이 저녁 먹어요~

생각보다 좋은 숙소라 만족했고
나는 더 기대하기 시작했다.
밖의 전경이 혹시 바다가 보이는 오션뷰나
햇살이 눈부신 선셋뷰이지 않을까.

드르륵

네, 쉬세요.

이모.이모뷰.

keykney • 서울 한 달 살기를 알아보고 있….

#함정인가

 keykney • 아무래도 엄마 동생 부부에게 잘못 걸린 것 같다.

초등학생 때부터 아버지와 둘이서 여행을 자주 다녔다. 특히 아버지 고향에 자주 갔다. 아버지는 여수에서 배로 두 시간 거리(당시 기준)의 작은 섬, 초도라는 곳에서 8남매 중 막내로 태어났다. 첫째 고모가 시집을 가서 낳은 아들이 아버지보다 나이가 많은 족보의 아이러니로 인해 훗날 나는 아버지보다 연세 많으신 아버지의 조카를 형님이라 부르고 그분의 나이 많은 자식들을 조카라 불러야 하는 난감한 상황에 놓이기도 했다.

어쨌든 초도의 작은 산 정상에는 첫째 고모의 집이 있었는데 어릴 적 그곳에서 놀기도 많이 놀고 그 근처의 작은 호수에서 물장구치던 기억도 생생하다. 작은 섬이다 보니 주민들을 모두 삼촌, 고모라고 불러서 어린 나는 친척들이 정말 많다고 생각했었다. 아버지가 가면 항상 삼촌, 이모들이 음식을 가지고 조촐하게 잔치도 해주셨다. 그런 분위기가 너무 좋았다. 특히나 밤이 되면 별이 쏟아질 듯 많이 보였는데, 아직까지 그런 아름다운 별 바다를 본 적이 없다. 나에게 초도란, 아버지 고향 이상의 어릴 적 환상의 섬이었다.

20대 후반이 돼서 문득 다시 초도에 가보고 싶었다. 구멍가게 하나 있는 워낙 작은 섬이었고 고모와 삼촌, 이모들은 모두 나이가 드셔서 돌아가시거나 여수로 이주하셨다는 소식은 아버지께 들었다. 아버지와 연락되는 사람도 이장님이신 아버지 친구 한 분 정도라고 했지만 그래도 그냥 가보고 싶어서 혼자 초도에 갔다.

이장님께 인사드리고 큰고모네 집이었던 산꼭대기도 가보고 지금은 메마른 호수도 가보고 멧돼지 고기를 먹었던 해안가도 가봤다. 사람은 거의 없었고 마을도 나름의 개발로 많이 망가져 있었다. 하루를 지내고 가고 싶었지만 마땅히 잘 곳이 없어 마지막 배로 섬을 나왔다. 밤이 되면 보였던 별 바다는 여전할지 확인하고 싶었지만 그러지 못했다. 보고 오는 게 나았을까, 어릴 적 기억으로 남긴 게 나았을까.

#고마워

톡에 친구 놈 생일이 떴다.
친구들 채팅방에서 축하해주고 톡으로
선물을 주다, 불현듯 친구들이 주었던
소중한 내 생일 선물들이 생각났다.

중학교 때 문화상품권 5천 원짜리를
선물받고 그 5천 원짜리 상품권을
5년간 주고받으며 서로의 생일을
알뜰히 챙겼던 내 친구 A.

옜다

면을 좋아하는 내게 진라면 매운맛 세 봉과
맑은 물로 끓이라며 생수 한 병을 선물해준
섬세한 친구 B, 그리고…

장수해라

대학 들어갔으니 그림 더 잘 그리라며
초등학교 5학년 때 산 둘리 크레파스
16색을 선물해준 야무진 친구 C까지…

정진하라

아주 나쁜 놈들이네.

keykney • 그러고 보니 나는 가방이 낡았다며 검정 비닐봉지를 선물했었지.

#풋살

 keykney • 심장아, 나대지 마.

#엄마

받아들인 줄 알았다.

10년이 훌쩍 넘었고
나를 포함해 아빠, 형도
자연스럽게 받아들였다.

엄마가 나아지지 않을 것을
더 이상 더 아프지만 않기를

엄마는 아니었다.

우리 아들들 엄마가 빨리 나아서
떡볶이 해줘야 하는데.

 keykney • 엄마는 아니었다.

#지금의 나

관계에 있어 무조건적인 믿음으로 일관하며
살았던 예전의 나는

믿었던 만큼의 상처도 고스란히
받아야 했고

그럼에도 관계에 대한 믿음이 없이는
안 되는 사람이란 걸 알게 된 지금은

다시 넘어지지 않을 정도의
나를 마련해두었다.

 keykney • 자존감 높이기.

#나를 위해

누군가에게 인정받는 일과

누군가를 배려하는 일

누군가의 누군가가 되길
의식하는 일보다

나라는 사람에 더 집중하기
시작했다.

 keykney • 일단은 나부터.

일상, 다 반사

1판 1쇄 발행 2019년 10월 25일
1판 3쇄 발행 2024년 7월 24일

지은이 키크니
펴낸이 김성구

콘텐츠본부 고혁 조은아 김초록 이은주 이영민
마케팅부 송영우 김지희 김나연 강소희 | 제작 어찬 | 관리 안웅기

펴낸곳 (주)샘터사
등록 2001년 10월 15일 제1-2923호
주소 서울시 종로구 창경궁로35길 26 2층(03076)
전화 1877-8941 | 팩스 02-3672-1873
이메일 kidsbook@isamtoh.com | 홈페이지 www.isamtoh.com

ISBN 978-89-464-7299-0 03810

※값은 뒤표지에 있습니다.
※잘못 만들어진 책은 구입처에서 교환해드립니다.